Anastasius Grün, Ludwig August Frankl

Anastasius Grün's gesammelte Werke

Erster Band

Anastasius Grün, Ludwig August Frankl

Anastasius Grün's gesammelte Werke
Erster Band

ISBN/EAN: 9783744745574

Hergestellt in Europa, USA, Kanada, Australien, Japan

Cover: Foto ©Andreas Hilbeck / pixelio.de

Weitere Bücher finden Sie auf **www.hansebooks.com**

Anastasius Grün's

gesammelte Werke.

Herausgegeben

von

Ludwig August Frankl.

Erster Band.

━━◆●◆━ ━ ━

Berlin,
G. Grote'sche Verlagsbuchhandlung.
1877.

Vorwort.

Mir wurde von der Witwe des verewigten Dichters Ana=
stasius Grün das ehrenvolle Vertrauen geschenkt, die
Herausgabe seiner gesammelten Werke der Leserwelt
vermitteln zu dürfen und aus Familienpapieren, Briefen, sowie
nach mündlichen Mittheilungen eine Biographie des Dichters
zu verfassen.

Meine fast durch ein halbes Jahrhundert bestandenen freund=
schaftlichen und literarischen Beziehungen zu Anastasius Grün
bewogen dessen Witwe, mir diese hochehrende Mission anzu=
vertrauen.

Bei der Anerkennung, welche der Dichter bereits im
Leben gefunden, konnte es nicht fehlen, daß ihm wiederholt
von Buchhändlern Anträge zukamen, seine Werke gesammelt
herauszugeben. Ihm schien es aber, wie er häufig gegen
mich äußerte, „als würde er damit sein literarisches Testa=
ment machen und seine poetische Produktion für abgeschlossen
bezeichnen“.

Erst in seinem siebenzigsten, seinem letzten Lebensjahre entschloß er sich, wie Tod=ahnend, mit einer gewissen Hast, seine Gesammtwerke in fünf Bände so zu ordnen, wie sie jetzt erscheinen, und für die Herausgabe vorzubereiten.

Der Text dieser Ausgabe richtet sich wortgetreu nach den vom Dichter selbst redigirten letzten Auflagen der einzelnen Werke; eine vergleichende kritische Textausgabe wird einer späteren Zeit vorbehalten.

Wien, im März 1877.

Der Herausgeber.

Gedichte.

Prolog.

Was drängt das junge Laub der Eichen
So frisch aus Maienlicht sich heute,
Und sieht doch unten Seinesgleichen,
Des letzten Herbstwinds dürre Beute!

Was jauchzt die Nachtigall sangglodernd,
Als ob ihr horchten Ewigkeiten,
Und sieht doch ihre Schwester modernd,
Wenn Schnee sein Bahrtuch läßt entgleiten!

Was drängt ihr, Lieder, euch vermessen,
Im Dichtersaal Gehör zu fordern,
Und seht doch längst verhallt, vergessen
Die Lieder edler Sangesvordern! —

Und wüßt' ich auch, ein Schutzgeist schreibe
Mein Lied in Felsen unverdrossen,
Daß aufbewahrt es Enkeln bleibe, —
Ich hielte fest den Mund verschlossen.

Und wüßt' ich, daß zu fernen Zeiten
Ein jeglich Bild aus meinen Sängen
Als Marmorbildniß würde schreiten, —
Fest würd' ich zu die Lippen zwängen.

Denn freud'ge Ahnung im Gemüthe
Und Hoffnung will mich süß durchdringen,
Es werde unsres Daseins Blüthe
In einem neu'n Geschlecht sich jüngen;

Das, Manneskraft im starken Busen
Und Gotteslieb' im warmen Herzen,
Einst lächeln muß ob unsrer Musen
Fruchtlosen Kämpfen, müß'gen Scherzen.

Doch würden, wend' es Gott! die Söhne
Nicht edler als die Väter wieder,
Dann sind sie unsrer Schmerzenstöne
Nicht werth und unsrer Kampfeslieder.

Und süßer als ein ruhmlos Leben
Im weiten, todesstillen Raume,
Ist's, zu verklingen, zu verschweben,
Wie Blatt und Vogel sinkt vom Baume.

Wenn ihr nur einen Ast zersplittert,
Ein Blättlein reißt vom Zweigesrande,
Traun, ihr verletzt und ihr zerknittert
Dem Lenz ein Stück vom Festgewande!

Schießt ihr ein Vöglein, leicht zu missen,
Nur Eines aus dem Schwarme nieder,
Des Frühlings Lied habt ihr zerrissen,
Der ganze Vollklang ist's nicht wieder!

So ist mein Lied im Dichterlenze
Ein Vogel nur, ein Blatt, ein Schimmer,
Und fehlt es, bleibt noch g'nug dem Lenze,
Doch ist der ganze Lenz es nimmer.

Drum grüne kühn, Baum meiner Lieder,
Im Haine deutschen Sangs ein Sprosse,
Inmitten deiner schönern Brüder
Ein treuer, heiterer Genosse.

Du hast gebebt vor den Gewittern,
Die ihren starken Stämmen drohten;
Mit ihnen mußtest du erzittern,
Wenn um ihr Haupt die Blitze lohten.

In grüner Schale aufgefangen
Hat jedes Blatt den Than der Frühe;
In Thränen mag der Himmel prangen!
Und Hoffnungsmorgenroth erglühe!

So laß gemuth dein Leben gleiten,
Wie dir's schon liegt in Mark und Kerne,
Die Lenze sei'n dir Ewigkeiten,
Dein Ruhm die schönen, flücht'gen Sterne.

Und deiner Wipfel echte Töne,
Sie werden Ort im Ganzen finden,
Doch das Unheil'ge und Unschöne
Sei dir entführt von günst'gen Winden!

Blätter der Liebe.

1825 — 1829.

Blätter und Lieder.

rühling ist's in allen Räumen!
Blüth' und Blume taucht empor,
Und aus Stauden und aus Bäumen
Sprießen Blätter grün hervor.

Jugend blüht auf meiner Wange,
Jugend glüht in meiner Brust;
Blättern gleich im Frühlingsdrange
Blühn mir Lieder aus der Brust.

Blätter saugen aus der Erde
Leben, Farbe, Glanz und Saft,
Flattern wieder zu der Erde,
Wenn sie knickt des Sturmes Kraft.

Aus der Lieb' erblühen Lieder,
Blühn und sprossen auf zum Licht,
Flüchten zu der Liebe wieder,
Wenn der Zeiten Arm sie bricht.

Wenn ein neuer Lenztag blinket,
Blühn die Blätter wieder auf,
Und wenn neue Liebe winket,
Leben neu die Lieder auf.

Bestimmung.

Als der Herr die Ros' erschaffen,
Sprach er: du sollst blühn und duften!
Als er hieß die Sonne werden,
Sprach er: du sollst glühn und wärmen!

Als der Herr die Lerch' erschaffen,
Sprach er: flieg' empor und singe!
Als geformt des Mondes Scheibe,
Sprach er: rolle hin und leuchte!

Als der Herr das Weib erschaffen,
Sprach er: sei geliebt und liebe!
Aber als er dich erschaffen,
Hat er wohl dieß Wort vergessen.

Denn wie könntest du sonst sehen
Mond und Sonne glühn und leuchten,
Rosen blühen, Lerchen steigen,
Und geliebt sein und -- nicht lieben?

Dir allein!

Möchte Jedem gern die Stelle zeigen,
Wo mein Herz so schwer verwundet worden;
Aber dir möcht' ich mein Leid verschweigen,
Doch nur dir! denn du allein
Hast den Dolch, der mich vermag zu morden.

Möchte Keinem meine Leiden klagen,
Aber dir enthüllen alle Wunden,
Die gar tief mein Herz sich hat geschlagen;
Doch nur dir! denn du allein
Hast den Balsam, der mich macht gesunden.

Der Besuch.

Oft des Tags und oft des Abends
Wall' ich an das Ziel der Sehnsucht,
Aus der Stadt durchtobten Straßen
In der Vorstadt still're Welt.

Ueber unsres Stromes Brücke
Zieh' ich hin mit raschem Schritte,
Wie ein Geist so still und schweigsam
Durch den lärmend lauten Schwarm.

Und dann rechts? – ach nein, zur Linken!
Seht, kaum weiß ich mehr es selber;
Dann grad fort? — ach nein, zur Rechten,
Um die Ecke rasch gewandt!

Seltsam! — ging ich nie doch irre
Auf der schönen heil'gen Wallfahrt;
Dennoch, Freunde, kann ich nimmer
Künden euch den Weg dahin.

Kann kein Häuschen an der Straße
Zeichnen euch mit sichern Händen.
Also kennt man wohl die Sterne,
Aber nicht den Weg dahin!

Familiengemälde.

Großvater und Großmutter,
Die saßen im Gartenhag,
Es lächelte still ihr Antlitz
Wie sonniger Wintertag.

Die Arme verschlungen, ruhten
Ich und die Geliebte dabei,
Uns blühten und klangen die Herzen
Wie Blumenhaine im Mai.

Ein Bächlein rauschte vorüber
Mit plätscherndem Wanderlied
Stumm zog das Gewölk am Himmel,
Bis unseren Blicken es schied.

Es raschelte von den Bäumen
Das Laub, verwelkt und zerstreut,
Und schweigend an uns vorüber
Zog leisen Schrittes die Zeit.

Stumm blickt aufs junge Pärchen
Das alte stille Paar;
Des Lebens Doppelspiegel
Stand vor uns licht und wahr:

Sie sahen uns an und dachten
Der schönen Vergangenheit;
Wir sahen sie an und träumten
Von ferner, künftiger Zeit.

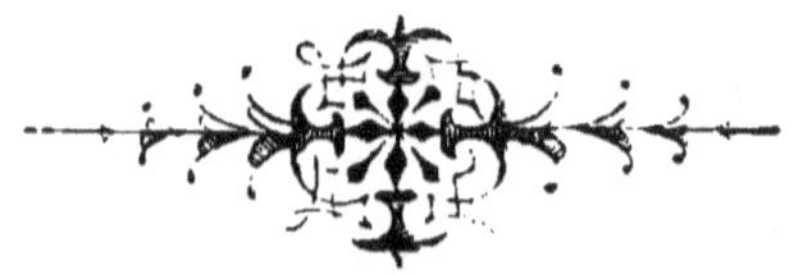

Die Wunder.

Willst du es sehn, wie lohe Flammengluth
Beisammen friedlich wohnt mit Wasserfluth,
Wie beide in einander frei bestehn,
So mußt du ihr ins klare Auge sehn:
Drin wohnt ein Feuer wie die Gluth der Sonne,
Draus siehst du wie aus glühem Flammenbronne
Oft klar den Perlenquell der Thränen thau'n,
Kannst Gluth in Fluth und Fluth in Gluthen schau'n.

Willst du auch sehn den Becher wunderbar,
Draus tödtend Gift und Honig süß und klar
Mit einem einz'gen Zug man saugen kann:
O blicke ihren Rosenmund nur an!
Der Wunderbecher sind die Purpurlippen,
Draus Süß und Herb mit Einem Zug zu nippen,
Ein Honigseim, der's Herz belebt und nährt,
Ein Gift, das wild am Lebensmarke zehrt.

Und kennst das goldne Wundernetz du nicht,
Wo sich kein Faden in den andern flicht,
Das fest zugleich, wenn locker auch und los,
Manch bebend Herz verstrickt in seinen Schooß?

Siehst du der Lockenhaare goldig Prangen?
Das ist das Wundernetz, das mich gefangen,
Das fest zugleich, wenn locker auch und los,
Mein zitternd Herz verstrickt in seinen Schooß.

Willst du es sehn, wie Aetna's Flammenbrand
Mit Thule's eis'gen Schollen sich verband,
Der Eine Gottes flammender Altar,
Die Andern frostig, kalt und ewig starr?
Das sind wir Zwei und unsre beiden Herzen,
Ungleich an Lust, ungleicher noch an Schmerzen,
Das meine wie des Aetna's Brand so heiß,
Das ihre kalt und starr wie Nordpols Eis.

Mein Frühlingslied.

Ich ging hinaus zur blum'gen Au.
Da ruhte Braut Natur im grünen Sammtkleid,
Im Haar den frischen Kranz, das Haupt entschleiert:
Den weißen Schleier hatte sie gelegt·
Auf ihren Putztisch: jenen alten Gletscher.
Man sieht ihr's an, sie harrt des Bräutigams. —
Doch ziemt's wohl Bräuten, so mit Fremden buhlen?
Es wogt entblößt ihr voller Lilienbusen
Mit seinem üpp'gen Rosenknospenpaar;
Mit ihren großen lichten Blumenaugen
Liebängelt sie ringsum und wirft muthwillig
Mir Dutzende von ihren Liebesbriefchen,
Den weißen Blüthen, scherzend in den Schooß.
Mir war ganz wohl, klar stand's in meinem Sinn,
Daß man wohl glücklich kann auf Erden sein.

Ich wallte in der blum'gen Au.
Da saß der junge Lenz an einer Quelle,
Ich sah, er rüstet sich zur Braut zu gehn;
Ins sonnenstrahlige Gelocke hat
Ein blitzend Diadem er aufgedrückt,
Er wusch das reine, klare Antlitz sich

Und überspritzte schäkernd dann auch mich
Mit Quellenschaum vom Wirbel bis zur Zehe.
Doch, zur Entschäd'gung gleichsam, brach er drauf
Rasch eine Hand voll Perlen aus der Kron'
Und warf sie mir zu Füßen in das Gras.
Ich war so heiter, fast schien mir's ein Traum,
Daß man auf Erden elend könne sein.

Ich wallte heim aus blum'ger Au.
Das Brautpaar war sich an die Brust gesunken. —
Ich zog, das Herz voll Lust, den Mund voll Lieder,
Frohlockend heimwärts in die dumpfe Stadt;
Da schwebt an mir vorbei ein liebend Paar,
Zwei und doch Eins! wie sich zwei Nachbarstämme
In Kron' und Wurzeln in einander ranken.
Wollt ihr das Glück sehn; seht in ihre Augen!
Wollt ihr die Freude schau'n: schaut ihre Wangen!
Sucht ihr die Liebe: horchet ihren Lippen! —
Doch seltsam, jetzt erst fühlt' ich's, daß auf Erden
Man elend auch, recht elend könne sein!

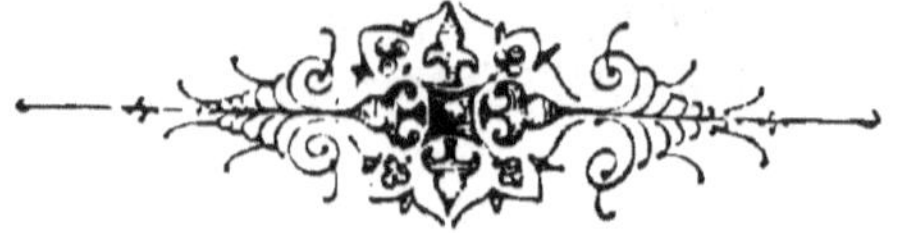

Das Morgenroth.

Jüngst stand ich früh am Fenster.
Vorüber trugen schwarze Männer ernst
Im Morgenzwielicht einen off'nen Sarg.

Da flammt' empor das Frühroth.
Der Leiche Antlitz glomm nun rosigroth,
Als sei nach kurzer Wand'rung rückgekehrt
Das Leben ins vorschnell verlass'ne Haus.

Kalt strich des Frühroths Odem.
Da hüllten sich, vor Kälte leichenblaß,
Die Männer in die schwarzen Mäntel tief,
Als wickle sie der Tod ins Leichentuch.

O wundervolles Frühroth!
Dem Tode hauchst du Gluth ins welke Antlitz,
Dem Leben hauchst du Eis in glüh'nde Pulse!

O wundervolle Liebe!
Du hauchest Eis ins wunde Herz des Lebens,
Daß es vor Frost zu Tode möcht' erstarren!
Dein schönstes Diadem schmückt oft erst Leichen,
Dein wärmster Kuß schwelgt auf des Todes Lippen!

Der Liebesgarten.

Wenn Nachts der freundliche Schlummer
Die silbernen Fäden webt,
Da trägt es mich flugs in ein Gärtchen,
Wo Liebe nur schafft und webt.

Drin grünet manch seliges Plätzchen,
Drin blühet manch lieblicher Strauß:
Da pfleg' ich mein friedliches Gärtchen
Und schmück' es gar sorglich aus:

Mit Freuden und Leiden der Liebe,
Bis der purpurne Morgen kam,
Doch nicht mit all' meinen Freuden
Und nicht mit all' meinem Gram!

Denn würde zur farbigen Blume
Jedweder selige Traum,
Für all' die Blüthen und Blumen
Wär' in dem Gärtchen nicht Raum.

Und fiele gar jegliche Thräne
Als Thau auf die Fluren schwer,
Bald sähe man statt des Gärtchens
Ein blitzendes Perlenmeer.

Und lächelten Blicke der Liebe
Als Sonnen von Himmelshöhn,
Bald glänzten aufs Gärtchen mehr Sonnen,
Als Halme auf Wiesen stehn.

Und flatterte jegliches Küßchen
Als farbiger Schmetterling,
Bald blühten zu wenig der Blumen
Den Faltern im Gartenring.

Doch trübte jeglicher Zwiespalt
Als Wolke der Sonnen Schein,
Trann, oben am Himmel blieb' es
Wohl ewig heiter und rein.

Und wüchse jegliche Untren
Des Liebchens als Schierlingskraut,
Ich hätte die Schierlingsstaude
Im Gärtchen noch nie erschaut.

So träum' ich mir Nachts mein Gärtchen
Aus der Liebe Freuden und Gram;
Wie anders doch ist es zu schauen,
Wenn wieder der Morgen kam!

Die Falter sind all' entflogen,
Die Sonnen sind alle verglüht,
Die seligen Plätzchen verschwunden,
Die Blumen versengt und verblüht.

Der einzige Thau sind die Thränen;
Der Schierling das einzige Grün,
Und über erstorbenen Keimen
Ziehn düstere Wolken dahin.

Die Brücke.

Eine Brücke kenn' ich, Liebchen,
Drauf so wonnig sich's ergeht,
Drauf mit süßem Balsamhauche
Ew'ger Frühlingsodem weht.

Aus dem Herzen, zu dem Herzen
Führt der Brücke Wunderbahn,
Doch allein der Liebe offen,
Ihr alleinig unterthan.

Liebe hat gebaut die Brücke,
Hat aus Rosen sie gebaut!
Seele wandert drauf zur Seele,
Wie der Bräutigam zur Braut.

Liebe wölbte ihren Bogen,
Schmückt' ihn lieblich wundervoll;
Liebe steht als Zöllner droben,
Küsse sind der Brückenzoll.

Süßes Mädchen, möchtest gerne
Meine Wunderbrücke schau'n?
Nun es sei, doch mußt du treulich
Helfen mir, sie aufzubau'n.

Fort die Wölkchen von der Stirne!
Freundlich mir ins Aug' geschaut!
Deine Lippen leg an meine:
Und die Brücke ist erbaut.

Vogelsang im Winter.

Indeß wir im Stübchen, Liebste, hocken,
Und vor den windgerüttelten Scheiben
Des Winters weiße, schwere Flocken,
Im Sturme wirbelnd, vorübertreiben:

Wird jenes Wandervöglein, das freie,
Das du im Sommer gepflegt mit Rosen,
Sich sonnen in Südens Himmelsbläue
Und wiegen sich über Südens Rosen.

Auf grünende Myrten wird sich's schwingen,
Und Abends vom Zweig im Mondenscheine
Die Lieder von seinen Fahrten singen
Der horchenden fremden Schwestergemeine.

„Weit über dem Meer, am Donaustrande,
Dort steht ein Häuschen, ein niedliches, blankes,
Und aus dem Häuschen, am Fensterrande,
Winkt mir ein Mädchen, ein liebliches, schlankes.

Und wenn auf ihren Arm ich dann fliege,
Will fast mich des Nordens Schnee erschrecken,
Als ob auf silbernem Baum ich mich wiege,
Draus fünf der silbernen Zweige sich strecken.

Auf ihren Schultern am Lockenbuge,
Da fehlte nicht viel, daß Stolz mich berückte,
Da meint' ich der Adler zu sein, der im Fluge
Im Sonnenstrahlennetz sich verstrickte!

Und wenn aus der hohlen Hand zum Mahle
Der frische kristallene Born mir quillet,
Da schlürf' ich aus alabasterner Schale,
Wie sie dem Sultan der Sklave füllet.

Und wenn das Körnlein in ihren Lippen,
Mein täglich Brod, mir entgegen blickte,
Da meint' ich Purpurkirschen zu nippen,
Als ich den köstlichen Kern daraus pickte.

Und Solches ist wohl in jenen Landen
Die süßeste Speise, das Mahl der Freude;
Denn Einer, der oft daneben gestanden,
Der sah mein Picken immer mit Neide."

So wird dein Preis jetzt im Süden klingen!
Heil mir, dem solche Liebste zu eigen,
Von der die Vögel in Afrika singen
Und in Europa die Nachbarn schweigen!

Im Bade.

Ach, könnt' ich die Welle sein,
Wie freut' ich mich so!
Doch könnt' ich die Quelle sein,
Wär' doppelt ich froh!

Könnt' ich die Welle sein,
Hüpft' ich mit frohem Sinn,
Wo sie im Bade weilt,
Rasch zur Geliebten hin;
Hätte sie schnell ereilt,
Wogte mit stillem Gruß
Rasch um den lieben Fuß,
Blähte mich stolzer dann,
Schwölle und stieg' hinan
Bis an des Busens Rund,
Bis an den Purpurmund,
Grüßte und küßte sie,
Kos'te und neckte sie,
Und sie erlitt es gern,
Glaubt' ja, ich seh' es nicht,
Glaubt' mich ja fern!

Könnt' ich die Quelle sein,
Ganz nach Verlangen

Wäre sie mein;
Liebend umfangen
Wollt' ich die Holde,
Aber so bald nicht
Ließ ich sie los.
Dann zu dem Herzchen
Rauscht' ich empor,
Pochte und schlüge
Rege daran,
Pochte und früge
Liebend mich an.
Dann zu den Händen
Wogt' ich dahin;
Aber das Ringlein,
Das sie als fremder
Seligkeit Pfand
Trägt an der kleinen
Blendenden Hand;
Wollt' ich ihr raubend
Tief in der Wogen
Nächtliche Brandung
Heimlich verbergen;
Rauschte zur Hand dann
Wieder hinan
Und nur mein Ringlein
Ließ ich daran.

Das Blatt im Buche.

Ich hab' eine alte Muhme,
Die ein altes Büchlein hat,
Es liegt in dem alten Buche
Ein altes, dürres Blatt.

So dürr sind wohl auch die Hände,
Die einst im Lenz ihr's gepflückt.
Was mag doch die Alte haben?
Sie weint, so oft sie's erblickt.

Mannesthräne.

Mädchen, sahst du jüngst mich weinen? —
Sieh, des Weibes Thräne fließt
Wie der klare Thau vom Himmel,
Den er auf die Blumen gießt.

Ob die trübe Nacht ihn weinet,
Lächelnd ihn der Morgen bringt,
Stets nur labt der Thau die Blume
Und sie hebt ihr Haupt verjüngt.

Doch es gleicht des Mannes Thräne
Edlem Harz aus Ostens Flur,
Tief ins Herz des Baums verschlossen,
Quillt's freiwillig selten nur.

Schneiden mußt du in die Rinde
Bis zum Kern des Marks hinein,
Und das edle Naß entträufelt
Dann so golden, hell und rein.

Bald zwar mag der Born versiegen,
Und der Baum grünt fort und treibt,
Und er grüßt noch manchen Frühling,
Doch der Schnitt, die Wunde — bleibt.

Denke, Mädchen, jenes Baumes
Auf des Ostens fernen Höhn;
Denke, Mädchen, auch des Mannes,
Den du weinen einst gesehn.

Neue Liebe.

„Wie soll ich liebend dich umfassen
Und glauben, was dein Mund verspricht,
Da treulos du selbst die verlassen,
Die einst dein Leben, Lied und Licht?“

Wohl hieß mein Lied sie Licht und Leben,
Wie damals lüg' ich jetzt auch nicht:
Drum ruf' ich kühn: du bist mir werther
Als all mein Leben, Lied und Licht!

„Dem Tag' hast du ihr Aug' verglichen,
Ihr Haar den Sonnenstrahlen mild;
Ei, ist's schon deinem Sinn entwichen,
Daß Sonn' und Tag der Treue Bild!“

Der Nacht vergleich' ich deine Locken,
Dein Aug' dem Mond in nächt'ger Luft;
Ei, sollt ich's dir wohl erst noch sagen,
Daß Nacht und Mond zur Liebe ruft?

„Und schwurst du nicht, eh' zu erbleichen,
Als dich zu wenden je von ihr?
Drum gingst du mir längst zu den Leichen,
Drum, todter Mann, hinweg von mir!"

Wohl schien ich selbst mir ein Begrab'ner,
Der längst schon unterm Rasen schlief,
Du wecktest mich, ein milder Engel,
Der mich ins schön're Leben rief.

Fragen.

Wenn die Stern' am Himmel blinken,
Wenn ihr Reigen nächtlich webt,
Künde treu mir, wo der erste,
Wo der Sterne letzter schwebt?

Wenn im regen Wogentanze
Welle mit der Welle tauscht,
O so zeig' mir, wo die erste,
Wo der Wellen letzte rauscht?

Und vermagst du's, so gib Kunde,
Löse mir das Schwerste frei:
Wann im Herzen wohl die Stunde
Erster, — letzter Liebe sei?

Zweite Liebe.

Warum auch zweite Liebe
Noch stets mit bangem Muth,
Mit Angst uns füllt und Zweifeln,
Wie's kaum die erste thut?

Seht, ein ergrauter Bergmann
Fährt in der Grube Nacht,
Und alle Weg' und Tritte
Kennt er im dunkeln Schacht.

Er, dem wie seine Hütte
Bekannt der Stollen ward,
Bekreuzt sich doch und betet,
Bevor er wagt die Fahrt.

Der Unbeständige.

Mädchen sind ein Blumenvölklein
Bunter Art emporgeblüht:
Traun, das ist kein wackrer Gärtner
Der nur Eine Blume zieht!

Mädchenlippen, das sind Becher,
Nektarsüß und wunderlieb;
Welch armsel'ger Zechgenosse,
Der bei Einem Becher blieb!

Mädchenaugen sind Gestirne,
Klarer, stiller Mondenschein,
Sonnen, blendend und verzehrend,
Sterne, blinzelnd, hell und rein;

Nach gar vielen Lichtgestirnen
Späht der Astronom hinauf;
So nur geht ihm ganz der reiche,
Ew'ge Himmel leuchtend auf.

Liederquell.

Wie kommt's, daß mit dem Pfeil im Herzen
Im Schmerz ich sang der Liebe Lust?
Wie kommt's, daß nur von heitern Scherzen
Mir quillt die todeswunde Brust? —

Es segelt sanft auf Silberwogen
Im Schneegewand der stolze Schwan,
Gesanglos ist er lang gezogen
In stummer Lust die stille Bahn.

Im Morgenroth, im Mondenscheine
Die Fluth durchschifft' er frei — und schwieg;
Am Ufer blühten Rosenhaine,
Er segelte vorbei — und schwieg.

Jetzt, da der Pfeil sein Herz durchdrungen,
Da ihm der Tod im Busen glüht,
Was er in Wonne nie gesungen,
Er singt's in Schmerz: sein erstes Lied.

Verwandlung.

I.

Es lag ein lockiger Knabe
Am blüh'nden italischen Strand,
Zum blauen, ewigen Aether
Das flammende Aug' gebannt.

Die Glieder streckten sich wonnig
Im üppig schwellenden Grün.
Die hohen, schlanken Palmen
Umrauschten wie Harfen ihn.

Es schlangen sich Rebengewinde
Von Palme zu Palm' empor,
Draus blickten purpurne Trauben,
Wie küssende Lippen, hervor.

Es guckten mit gaukelnden Häuptern
Die Rosen aus duft'gem Gesträuch,
Wie blühende Mädchengesichter,
Erröthend und nickend zugleich.

Es raschelte fröhliches Leben
Durch schattige Blätternacht,
Gesänge von tausend Kehlen
Sind rings in den Zweigen erwacht!

Besä't ist mit silbernen Segeln
Des Meeres unendlicher Plan,
Drauf schimmert die Morgenröthe
Als zweiter Ozean.

Der Knabe schaut so selig
Meer, Erd' und Aethergezelt,
Und staunt in den herrlichen Himmel,
Und freut sich der herrlichen Welt!

Der Träumer, von allen Wonnen
Italischen Himmels umglüht,
Es ist das Bild meiner Liebe,
Wie sie mir einst geblüht.

2.

Es wallt ein düst'rer Pilger
Durch afrikanischen Sand,
Ein schmales Bündel am Rücken,
Den Knotenstab in der Hand.

So weit sein Ruf auch töne,
Kein Ruf, der wiedertönt!
So weit sein Herz sich sehne,
Kein Herz, das nach ihm sich sehnt!

Bei Gräbern und Pyramiden
Verweilt er gar manche Zeit!
Es mahnt die verwitterte Inschrift
Ihn schöner Vergangenheit.

In staub'gen Papyrusrollen
Liest er das Aug' sich fast blind,
Und liest und enträthselt die Kunde
Von Lenzen, die nimmer sind.

Gern möcht' er in Tempeln beten,
Nur Trümmer findet er mehr!
Altäre und Götter liegen
Zerstückelt am Boden umher.

So wankt er sinnend weiter
Durchs weite, wüste Land;
Rings über ihm glühender Himmel,
Rings um ihn glühender Sand.

Kein Quell, der ihn erquicke,
Kein Baum, der Schatten streut,
Kein Moos, darauf er schlumm're,
Kein Strauch, der Früchte beut! —

Wer hätt' in dem finstern Wandrer
Den fröhlichen Knaben erkannt,
Der einst so selig gelagert
Am blüh'nden italischen Strand?

Ein Friedhofkranz.

1827.

Kränze.

Mancher Brautkranz sproßt' und blühte
Aus des Kirchhofs Mutterschooß:
Drum im Haar der Braut noch lispelt
Er vom Grab, dem er entsproß.

Mancher Todtenkranz entkeimte
Lustig blüh'nder Gartenflur:
Drum am Haupt der Leiche säuselt:
Er von Lenz und Garten nur.

Widerspruch.

Als an ihrem Mund ich hangend
Sog noch ihren Odem ein,
Träumt' ich viel von Tod und Trennung
Und von Sarg und Leichenstein.

Nun ich steh' an ihrem Grabe,
Träum' ich nur von Liebesgruß,
Und wie ihre Wangen glühten,
Und von ihrem ersten Kuß.

Tageszeiten.

Wann ich immer kommen mag,
So bei Nacht und so bei Tag,
Stets auf ihrem Leichenstein
Glänzet Than wie Silber rein.

Zieht der Morgen erdenab,
Wallt er auch zu ihrem Grab,
Schüttet auf des Grabes Rain
Opfernd Perl' und Edelstein.

Zieht vorbei an ihrer Gruft
Abend mit Gesang und Duft,
Sprengt er sanften Regen hin,
Daß die Blumen fürder blühn.

Wenn in Kummer und Gebet
Nacht am frischen Hügel steht,
Ringt sich eine Thräne los
Ihrem Auge hell und groß.

Mehr als Morgen, Abend, Nacht,
Hat des Than's Mittag gebracht;
Doch am Grab im Sonnenschein
Steh' nur ich, nur ich allein.

Die Grabrose.

Du Grabesrose wurzelst wohl
In ihres Herzens Schooß,
Und ihres ew'gen Schlafes Hauch
Zog deine Keime groß.

Du saugest Gluth und Lebenskraft
Aus ihres Herzens Blut,
Sie gab ja Freude stets und Lust
Und gibt's noch, wenn sie ruht.

Dein Lächeln und dein Duften stahlst
Und schlürftest du aus ihr,
Den rothen Kelch, den formtest du
Aus ihren Wangen dir;

Die Purpurblätter sogest du
Aus ihrem süßen Mund,
Drum sind sie auch so roth und lind,
So duftig und so rund.

Sie gab dir Blätter, Farb' und Duft,
Gab Gluth und Leben dir,
Woher doch nahmst die Dornen du?
Die kommen nicht von ihr! —

Willkommen denn und bleibe mein!
Wenn Haß und Nacht mir droht,
Erinn're mich dein Flammenkelch
An Lieb' und Morgenroth.

Im Winter.

Der Winter steigt, ein Riesenschwan, hernieder,
Die weite Welt bedeckt sein Schneegefieder.
Er singt kein Lied, so sterbensmatt er liegt,
Und brütend auf die todte Saat sich schmiegt;
Der junge Lenz doch schläft in seinem Schooß,
Und saugt an seiner kalten Brust sich groß,
Und blüht in tausend Blumen wohl herauf,
Und jubelt einst in tausend Liedern auf.

So steigt, ein bleicher Schwan, der Tod hernieder,
Senkt auf die Saat der Gräber sein Gefieder,
Und breitet weithin über stilles Land,
Selbst still und stumm, das starre Eisgewand;
Manch frischen Hügel, manch verweht Gebein,
Wohl theure Saaten, hüllt sein Busen ein;
Wir aber stehn dabei und harren still,
Ob nicht der Frühling bald erblühen will?

Erinnerung.

1837.

O Mädchen, das sie hier begraben,
Halb Jungfrau schon und noch halb Kind,
Einst konnte mich dein Anblick laben,
Wie eine Frühlingslandschaft lind.

Vorsprudelnd, wie der Bergquell, flogen
Einst in die Welt die Worte dein,
Demanten stäubend, Regenbogen!
Und doch so hell, gesund und rein!

Wie Rehlein wagten deine Blicke
Heran neugierig, arglos sich;
Scheu flohn, wie jene, sie zurücke,
Wenn nur von fern ein Laurer schlich.

Dir spielten, wogten die Gefühle,
Wie junge Saat, so leichtbewegt,
Die in sich schon der Keime viele
Zu Blüth' und edlem Kerne trägt.

Umflog ein jungfräulich Erröthen
Dir leis dein lieblich Angesicht,
Wie Frühroth war's auf Blumenbeeten,
Das einen sonn'gen Tag verspricht.

Und jauchztest du des Frohsinns Klänge,
War mir's, als hört' ich über mir
Heimzieh'nder Wandervögel Sänge
Von Südens schönem Lenzrevier.

Und ließest Liebeswort' du gleiten
Zu deinem greisen Vater, lag
Im Ohre mir's wie Glockenläuten
An einem schönen Gottestag.

Gedenk' ich dein, seh' ich noch immer
In eine Frühlingslandschaft mild,
Darauf der Abendröthe Schimmer
Im Scheidegruße sanft verquillt.

Darüber Abendglockentöne,
Daß mir's von Sternennächten ahnt;
Darüber segelnd gold'ne Schwäne
Nach einem fernen Südenland.

Erinnerungen an Adria.

1829.

Begrüßung des Meeres.

Unermeßlich und unendlich,
Glänzend, ruhig, ahnungschwer,
Liegst du vor mir ausgebreitet,
Altes, heil'ges, ew'ges Meer!

Soll ich dich mit Thränen grüßen,
Wie die Wehmuth sie vergießt,
Wenn sie trauernd auf dem Friedhof
Manch ein theures Grab begrüßt?

Denn ein großer, stiller Friedhof,
Eine weite Gruft bist du,
Manches Leben, manche Hoffnung
Deckst du kalt und fühllos zu;

Keinen Grabstein wahrst du ihnen,
Nicht ein Kreuzlein, schlicht und schmal,
Nur am Strande wandelt weinend
Manch ein lebend Trauermal.

Soll ich dich mit Jubel grüßen,
Jubel, wie ihn Freude zollt,
Wenn ein weiter, reicher Garten
Ihrem Blick sich aufgerollt?

Denn ein unermeß'ner Garten,
Eine reiche Flur bist du,
Edle Keime deckt und Schätze
Dein kristallner Busen zu.

Wie des Gartens üpp'ge Wiesen
Ist dein Plan auch glatt und grün,
Perlen und Korallenhaine
Sind die Blumen, die dir blühn.

Wie im Garten stille Wandler
Ziehn die Schiffe durch das Meer,
Schätze fordernd, Schätze bringend,
Grüßend, hoffend, hin und her. —

Sollen Thränen, soll mein Jubel
Dich begrüßen, Ozean?
Nicht'ger Zweifel, eitle Frage,
Da ich doch nicht wählen kann!

Da doch auch der höchste Jubel
Mir vom Aug' als Thräne rollt,
So wie Abendschein und Frühroth
Stets nur Than den Bäumen zollt.

Zu dem Herrn empor mit Thränen
War mein Aug' im Dom gewandt;
Und mit Thränen grüßt' ich wieder
Jüngst mein schönes Vaterland;

Weinend öffnet' ich die Arme,
Als ich der Geliebten nah;
Weinend kniet' ich auf den Höhen,
Wo ich dich zuerst ersah.

Am Strande.

Auf hochgestapelte Ballen blickt
Der Kaufherr mit Ergötzen;
Ein armer Fischer daneben flickt
Betrübt an zerrissenen Netzen.

Manch rüstig stolzbewimpelt Schiff!
Manch morsches Wrack im Sande!
Der Hafen hier, und dort das Riff,
Jetzt Fluth, jetzt Ebb' am Strande.

Hier Sonnenblick, Sturmwolken dort;
Hier Schweigen, dorten Lieder,
Und Heimkehr hier, dort Abschiedswort;
Die Segel auf und nieder!

Zwei Jungfrauen sitzen am Meeresstrand;
Die eine weint in die Fluthen,
Die andre mit dem Kranz in der Hand
Wirft Rosen in die Fluthen.

Die eine, trüber Wehmuth Bild,
Stöhnt mit geheimem Beben:
„O Meer, o Meer, so trüb und wild,
Wie gleichst du so ganz dem Leben!"

Die andre, lichter Freude Bild,
Kos't selig lächelnd daneben:
„O Meer, o Meer, so licht und mild,
Wie gleichst du so ganz dem Leben!"

Fortbraust das Meer und überklingt
Das Stöhnen wie das Kosen;
Fortwogt das Meer, und, ach, verschlingt
Die Thränen wie die Rosen.

Sonntagsmorgen.

Zu dem Dome wallt die fromme Menge,
Sonntag ist's! Horch Glocken, Orgelklänge
Uebers Meer hinzittern auf und nieder
Glockentöne, Orgelkläng' und Lieder.

Und ein neues Glanzmeer scheint zu liegen
Auf der Fluth und tönend sich zu wiegen:
Rauschen Sonnenstrahlen klingend nieder,
Oder glänzen Orgeltön' und Lieder?

Wie so ruhig ist die ew'ge Weite!
Wie so feierlich die Ufer heute!
Von dem grünen Strand zum Meere schwingen
Blüthenflocken sich mit Schmetterlingen.

Sonne ward zur Ampel heut im Dome,
Und das Goldgewölk' zum Weihrauchstrome;
Weh'nde Flaggen, Rosenfinger, deuten
Meiner Sehnsucht in die fernen Weiten!

Tauben dort, die über'm Meere kreisen,
Sonst nur Bettler, die nach Nahrung reisen,
Heute doch im silbernen Gewande
Flügelpilger zum gelobten Lande!

Und es schaukelt sanft im Lilienkahne
Meine Seele auf dem Ozeane,
Liebespsalme, Friedenshymnen singend,
Myrtenzweig' und weiße Fahnen schwingend.

Wie die Gläub'gen in den Kirchengängen
Fromm mit heil'gem Weihbronn sich besprengen,
Netz' ich meine Hand im Fluthenspiegel:
Stirn' und Herz, empfangt der Weihe Siegel!

.

Der Granatbaum.

Fern vom Granatenhaine
Steht ein Granatenbaum,
Er grünt und blüht ganz einsam
Hart an des Meeres Saum.

Und ob ihm aus der Erde
Auch Keim und Nahrung quoll,
Doch neigt er Stamm und Aeste
Zum Meere sehnsuchtsvoll.

Er spiegelt sich so gerne
Im klaren Wellenschein,
All' seine Blüthen und Blätter
Streut er ins Meer hinein.

Ach, was am meisten schade,
Die saft'gen Aepfel von Gold,
Er streut ins Meer sie alle,
Aufs Land nicht einer rollt!

Dieß Thun nimmt mich nicht Wunder,
Doch wundert eins mich, traun:
Daß man den Nutzenlosen
Nicht längst schon umgehau'n.

Seejungfrauen haben die Blüthen
Froh ihren Locken gesellt,
Und spielen mit gold'nen Aepfeln
Der lichten Oberwelt.

Hellas.

Lustig kommt das Schiff geschwommen,
Hat manch' fernen Strand geküßt;
Neuer Gast, sei uns willkommen!
Schöner Fremdling, sei gegrüßt;

Trägst ein Röcklein schmuck von Eichen,
Das manch' blanke Spang' umfaßt,
Trägst ein gutes Wanderzeichen,
Deinen Strauß: die Flagg' am Mast!

Sei gegrüßt in diesen Wogen,
Hellas' Flagge, blau und weiß!
Blau gleichwie des Himmels Bogen,
Und wie seine Wolken weiß!

Sieht man deinen Himmelsfarben
Doch den theuren Kauf nicht an,
Wie viel Helden für dich starben,
Wie viel Blutes für dich rann!

Ahnt im Blau der Himmelskläre
Ihr das Frühroth, dem's entstammt?
Und im stillen blauen Meere,
Wie es jüngst im Sturm geflammt?

Sieh das Schiff geschaukelt linde,
Mit den Wimpeln fächelnd mild,
Gleich der Wiege heit'rem Kinde,
Das mit bunten Bändern spielt!

Horch, was brausen jetzt für Lieder?
Ist es eines Menschen Sang?
Oder naht ein Sturm uns wieder,
Dem der schwarze Fittig klang?

Ha, das sind der Helden Lieder,
Ha, das ist hellen'scher Sang!
Und wohl naht der Sturm auch wieder,
Aufbeschworen von dem Klang!

Denn er donnert, wie's von tausend
Klephtenbüchsen einst erscholl,
Wie von allen Bergen brausend
Einst der Ruf der Freiheit schwoll!

Und er klingt wie Schwerterklirren,
Hallt wie eh'rner Männer Gang,
Rauscht, wie wenn die Brander schwirren
Durch die Nacht erwartungbang.

Jetzt des Todesengels fächeln
Ueber jener heil'gen Schaar!
Jetzt des Türken letztes Röcheln,
Schon belauscht vom Leichenaar!

Jetzt Gedröhn, wie wenn die Feste
Auffliegt mit gesprengtem Wall!
Wie der heil'gen Tempelreste
Grauser, thränenwerther Fall!

Hellas, hast gut angeklungen
Mit den Zungen, mit dem Schwert!
Wahrlich, wer solch Lied gesungen,
Ist wohl auch der Freiheit werth!

Stolz und herrlich schwebt dir wieder
Des Gesanges Schiff heran,
Wehte nur vom Borde nieder
Nicht die schwarze Trauerfahn'!

Wär's mit Leichen nicht beladen!
Zög' durch jeglich Tau nur nicht
Jener rothe blut'ge Faden,
Wie ihn Brittenbrauch sonst flicht!

Sänger, laß dein Antlitz schauen!
Du bist's, Knabe, lockenreich?
Ei, wie kommt dies Lied voll Grauen
Aus den Lippen zart und weich?

Gleich als ob ein Aar sich schwänge
Aus dem Lilienkelch empor!
Gleich als ob ein Leue spränge
Aus der Rosenlaube vor!

Lerne statt des Blutlieds, Junge,
Lieder, dir an Anmuth gleich,
Noch geschmeidig ist die Zunge,
Und die Lippen sind noch weich.

Sing', o Hellas, andre Weisen,
Lehr' dein Kind ein ander Lied,
Von dem Kampf, in den das Eisen
Gen die spröde Scholle zieht!

Laß es klingen, wie im Thale
Deiner Schnitter Sichelklang,
Wie der Becher Ton beim Mahle,
Wie von Bergen Winzersang!

Laß es rauschen, wie am Strome
Und in Häusern rauscht dein Fleiß;
Laß es hallen, wie im Dome
Der Gemeinde Dank und Preis!

Säuselnd wie das Blattgewebe
Jenes Kranzes dichtbelaubt,
Welchen Oelbaum, Lorbeer, Rebe
Schlingen, Hellas, um dein Haupt.

Knabe, dann einst steuerst wieder
Du als Greis wohl gen das Land,
Singst die neuen schönern Lieder
Unsern Enkeln vor am Strand.

Manch ein Sang voll Segensbornes
Deinem Munde dann entglüht,
Wie die junge Aehre Kornes
Zwischen zweien Lippen blüht!

Dich umklingt gleich altem Baume
Gold'ner Bienlein Liederschaar,
Du auch weißt's, in deinem Raume
Quillt's von Honig süß und klar.

Und die Lieblichkeit der Lieder
Ueberglänzt dein Antlitz, Greis,
Wie auf Taygetos hernieder
Morgenroth um schimmernd Eis.

Meerfahrt.

Wie so rein des Himmels Bläue
Ueber meinem Haupte glänzt,
Fest und licht wie ew'ge Treue,
Wandellos und unbegrenzt!

Gleich dem ew'gen Frieden schimmert
Ruhig, klar und grün das Meer;
Wie die heil'ge Liebe flimmert
Hell die Sonne drüber her.

Frei und leicht auf freien Wogen
Zog das Schiff die eb'ne Bahn,
Stolz die weißen Segel flogen
Wie der Freiheit Siegesfahn'.

Sonne, Meer und Himmelsbläue,
Nichts ums Schiff sonst ringsumher!
Liebe, Freiheit, Fried' und Treue!
Ei, was willst du denn noch mehr?

Ach, wenn nur der Wind vom Lande
Mir ein grünes Blatt allein,
Eine Blüthe nur vom Strande
Wehte in das Schiff hinein!

Die Einsamen.

Einsam stand ein grauer Felsen
Mitten in das Meer gesät;
Fast schon wollt' ich ihn beneiden,
Daß er einsam, fest doch steht.

Einsam auf dem grauen Felsen
Grünt' ein Baum, gar stolz und kühn;
Fast schien mir der Baum zu loben,
Daß er einsam, doch so grün.

Einsam kreist' um Baum und Felsen
Eine Lerche leichtbeschwingt;
Fast wollt' ich sie glücklich preisen,
Daß sie noch so fröhlich singt.

Aber Felsen, Baum und Lerche,
Jetzt beneid' ich euch nicht sehr!
Denn es warf ein Stoß des Windes
Schnell den einzlen Baum ins Meer.

Müd' ins Wasser sank die Lerche,
Eh' die Schwestern sie erreicht;
Und die Fluthen unterwühlten
Selbst den Fels, den einzlen, leicht!

Ach, da mußt' ich euer denken,
Dichter meines Vaterlands,
Da ihr einzeln, fern den Brüdern,
Wähnt zu pflücken euren Kranz.

Gegen Nord und Süd und Osten
Steht ihr sehnend hingewandt,
Ach, doch Manche mit dem Rücken
Gen das eigne Vaterland!

Einzle Felsen nur im Meere,
Einzle Bäume seid ihr nur,
Einzle Lerchen, einsam singend
In dem öden Luftazur.

Trotz'ge Felsen, rückt zusammen!
Irre Lerchen, sammelt euch!
Stolze Bäum', umrankt, umschlinget
Euch in Zweig' und Wurzeln reich!

Laßt uns sein ein Wall von Felsen,
Der als Damm, gar stolz und fest,
Von dem Meere der Gemeinheit
Sich nicht unterwühlen läßt!

Laßt uns sein ein Wald von Bäumen,
Im Vereine doppelt grün;
Ueber den verschlung'nen Wipfeln
Rauscht der Sturm ohnmächtig hin!

Laßt uns sein ein Chor von Lerchen,
O dann klingt er doppelt schön
Der Gesang von hundert Kehlen,
Wirbelnd in die Sonnenhöhn!

Das Vaterland.

Wir schwebten mit vollen Segeln
Durch grüne Meeresfluth,
Ein buntes Wandervölklein,
Mit leichtem frohem Muth!

Ein Völklein, wie es heute
Der Wind zusammensät,
Und wie er's morgen wieder
Flink auseinander weht.

Da war ein Mann aus Frankreich,
Vom grünen Rhonestrand;
Goldsaaten, Rebenhügel
Nannt' er sein Vaterland.

Ein Andrer pries als Heimat
Des Nordens Felsenwall,
Die Gletscher Skandinaviens,
Die Seeen von Kristall.

Dort wo als ew'ger Leuchtthurm
Vesuv, der hohe, glüht,
Stand eines Dritten Wiege,
Von Lorbern überblüht.

In deutsche Eichenforste,
Auf grünen Alpenhang,
Zu frischen Au'n der Donau
Zog mich des Heimwehs Drang.

„Laßt hoch die Heimat leben!
Nehmt All' ein Glas zur Hand!
Nicht Jeder hat ein Liebchen!
Doch Jeder ein Vaterland!"

Und Jeder trank den Becher
Mit flammendem Antlitz aus;
Nur Einer starrte schweigend
Weit in die See hinaus.

Ein Mann war's aus Venedig,
Der sprach in sich hinein:
„Mein Vaterland, o Heimat,
Du bist nur Wasser und Stein!

Einst glomm der Freiheit Sonne,
Da lebt' und sprach der Stein,
Und tönte, wie Memnon's Säule,
Ins Morgenroth hinein!

Da wogte glühend das Wasser,
Mit Purpur gürtend die Welt,
Und Regenbogen schleudernd
Hinauf ins Himmelszelt!

Warum bist du erloschen,
Du schöner Sonnenschein?
Warum bist du, o Heimat,
Jetzt Wasser nur und Stein?"

Er schwieg und starrte lange
Aufs Meer hin unverwandt,
Und, unberührt noch, glänzte
Das Glas in seiner Hand.

Jetzt, wie zum Todtenopfer,
Goß er's hinab ins Meer!
Wie funkelnde Thränen stoben
Die goldenen Tropfen umher.

Venedig.

Wäre dies die freudenreiche,
Stolze Meereskönigin,
Mit der ernsten Heldengröße,
Mit dem leichten, heitren Sinn?

Schwarze Gondeln im Kanale
Schwankend, ohne Liederklang!
Schifferruf nur stöhnt bisweilen
Dumpf wie träger Unkensang.

Marmorbilder nur bewohnen
Die Paläste, hoch gebaut,
Und ihr Sinken und Zerfallen
Ist darin der einz'ge Laut.

Leer vom Volke steht San Marco,
Der Gebete Stoff gebricht!
Klagen will es nicht das Völklein,
Und zu danken hat es nicht.

Am Altar fungirt der Priester,
Ohne Ernst und ohne Sinn;
Nur damit er's nicht vergesse,
Murmelt er sein Sprüchlein hin.

Längst zerschellt im Arsenale
Fault das alte Dogenschiff,
Ach, der eigne alte Hafen
Ward ihm Klipp' und Todesriff!

Venetianer, sagt, was denten
Dort die hohen Maste drei?
Pflanzet ihr als Vogelscheuchen
Vor den Dom die Stangen frei?

Ei, ihr habt doch keine Saaten!
Die ihr hattet, sind verdorrt!
Und die allerschlimmsten Vögel
Scheuchten sie euch doch nicht fort;

Jene Vögel, die die Augen
Eurer Freiheit ausgepickt,
Ihr das Schlummerlied gesungen,
Bis sie sterbend eingenickt.

In dem eh'rnen Markuslöwen
War einst Leben, Kraft und Herz:
Doch der königliche Wächter
Liegt nun todt, ein Aas von Erz!

Längst begann ja Adlerherrschaft,
Seit der alte Leu erlag
Unter jenes Frankenadlers
Jugendlichem Flügelschlag.

Stumm und öde Platz und Straßen
Und die Fluthen rings umher,
Selbst die Steine reden nimmer
Und die Menschen längst nicht mehr!

Und doch wüßt' ich einen Zauber,
Ja ein Wörtlein nur, gar klein!
Spräch's zur rechten Stund' der Rechte
Spräng' von diesem Sarg der Stein!

Ha, da wirft der Markuslöwe
Seine Mähne stolz empor,
Schüttelt wieder kühn die Flügel
Frei und kräftig, wie zuvor.

Dreier Königreiche Flaggen
Weh'n von jenen Masten her
Und das Lied der Gondoliere
Tönt in Chören übers Meer.

Horch, es läuten alle Glocken!
Weihrauch duftet durch den Dom,
Zwischen Orgelklang und Psalmen
Jauchzt empor des Volkes Strom.

Fenster, Straßen und Balkone
Füllt die Menge bis zum Rand,
Feierlich im Purpur wallen
Doge und Senat zum Strand.

Golden schwimmt der Bucentoro
Stolz hinaus ins heil'ge Meer.
Tausend lust'ge, schmucke Gondeln
Tummeln flink sich hinterher.

Nieder sinkt der Ring des Bundes
Zwischen Erd' und Meeresfluth,
Menschenkraft und Elementen,
Götterlaun' und Menschenmuth.

—— ——

Gondelfahrt.

Horch, Mitternacht vorüber,
Die Straßen menschenleer!
Vom Mondlicht übergossen
Paläste, Kirchen, Meer!

Willst du Venedig schauen,
Nur jetzt versäum' es nicht!
Das ist die wahre Stunde,
Das ist das wahre Licht!

Die Marmorbilder leben,
Paläste ragen licht!
Wie riesige Silbertafeln
Mit großer Thaten Bericht.

Willst du dich freu'n der Liebe,
Versäume nicht ihr Gebot!
Die Gondel sei ihre Wiege,
Der Mond ihr Morgenroth!

Umrauscht von der Vorzeit Schauern
Die blühende Gegenwart
Mit liebendem Arm umschlingen,
Welch schöne Gondelfahrt!

Weinst du auch manche Thräne
Auf der Vergangenheit Grab,
Schnell trocknet mit weißem Händchen
Die Gegenwart dir sie ab.

Venetianer-Trias.

Ich wollt', wenn nur das Wünschen hülf',
Drei Dinge wären mein:
Ein Mägdlein weiß, ein Pfäfflein schwarz,
Und eine Gondel fein!

„Ei sprich, wozu das Mägdlein weiß?"
Ich wäre gern zu Zwein!
Zum Seufzen nicht, zum Beten nicht,
Das träf' ich fast allein.

„Ei sprich, wozu das Pfäfflein schwarz?"
Daß ich von Sünden rein!
Man weiß nicht, was geschehen kann,
Wenn man so oft zu Zwein.

„Ei sprich, wozu die Gondel flink?"
Zu rudern lustig drein,
Vom Mägdlein zu dem Pfäfflein gleich,
Und wieder zum Mägdelein!

Die Sünderin.

Einsam liegt ein Häuschen, abgelegen,
Hart am Meer, das an die Wände braust,
Daß sie ewig zitternd sich bewegen,
Wie so manches Herz, das drinnen haust.

Dieses niedre Pförtlein, will's nicht deuten,
Daß nur Niedres ungehemmt hier zieht,
Doch der Reinheit Kranz, beim Drüberschreiten,
Leicht vom Haupt sich abstreift und verblüht?

Denn ein Tempel ist's, der Sünd' erschlossen!
Und doch seht, wie glänzt das Frühroth drauf,
Daß er, wie aus reinem Gold gegossen,
Ragt als heil'ger Sonnentempel auf!

Horch, des schmalen Fensters Flügel klingen!
Und es blickt mit welkem Busenstrauß,
Fahlem Kranz und schlaffen Lockenringen
Eine Priest'rin dieses Doms heraus.

Blaß sind ihrer Wangen kalte Flächen,
Wie des Richters weißes Pergament,
Das des Schuldigen geheimst Verbrechen
Und zugleich sein strenges Urtheil nennt.

Wie so matt die trüben Augen schimmern,
Fast wie Kerzen, über Nacht gebrannt,
Die nun kärglich fahl und müde flimmern,
Seit der goldgelockte Tag erstand.

Blumen prangen dort in bunten Farben,
Die begießt sie jetzt, daß fort sie blühn;
Wenn im Herzen schon die Blumen starben,
Läßt man gern sie vor den Fenstern glühn.

Zwischen Rosen, Ampeln, Engelchören
Steht ein Bild der Himmelskönigin;
Dort der ew'gen Lampe Gluth zu nähren,
Bringt sie Oel, wie Vesta's Priesterin!

Neue Blumen geht sie jetzt zu pflücken,
Zwei Gewinde fügt sie tändelnd draus,
Einen Kranz, Mariens Haupt zu schmücken,
Für sich selbst dann einen Blumenstrauß.

Scheint's nicht reinstes Hochgefühl des Weibes,
Das so arglos hier mit Kränzen spielt,
Weil es selbst den Schooß des eignen Leibes
Einen Heiland werth zu tragen fühlt?

Künstlich schminkt sie nun die blassen Wangen,
Und doch nenn' ich Schamroth dieses Roth,
Denn sie läßt es auf dem Antlitz prangen,
Ach, aus Scham, daß es so blaß und todt!

Nun das ros'ge Haupt sie laß und lose
In die weißen Hände niederbeugt,
Scheint's nicht eine müde Purpurrose,
Auf zwei Nachbarlilien hingeneigt!

Und so starrt sie schweigend in die Welle,
Unter ihr schlägt wild die Brandung an,
Aber fern ist Frieden, Tageshelle,
Heitre Ruhe, ebne Spiegelbahn.

Und so späht sie starr durch Luft und Wogen
Nach dem längst erloschnen Morgenstern,
Fernhin, wo die weißen Segel zogen,
Ihrer Unschuld Bild, so weiß — so fern!

Weint sie nicht? Kind, wein' ins Meer nur wieder!
Dieser Perlenschrein wird doch nie leer,
Deine Augen füllen bald sich wieder
Und an Perlen reicher wird das Meer.

Schimmre fort, du ros'ge Morgenröthe,
O verklär' ihr fort das Angesicht!
Ha, inmitten ihrer Blumenbeete
Wie verklärt sie steht, wie rein, wie licht!

Und sie ist nur eine welke Blume
Von der Paradiesesrose: Weib,
Trümmer nur vom schönsten Heiligthume,
Ach, ein tiefgefallen sündig Weib!

Und doch könnt' ich knieen hier und beten,
Wie vor Heil'gen beten, weinen hier!
Eine Rose liegt am Weg zertreten,
Und ein ganzer Himmel wohl mit ihr.

Seemärchen.

Schon glänzt der Mond im Meeresplan
Noch fern ist das Schiff vom Hafen!
Die Mitternacht bricht mählich an,
Die Passagiere schlafen.

Die Wacht am Maste schielt hinein
In Mond und Sternenkreise,
Bis überblendet vom Strahlenschein
Das Aug' sich geschlossen leise.

Der Steuermann belauscht zuviel
Des Meeres Plätschern und Klingen,
Bis ihn die Wellen mit listigem Spiel
In Schlummer hinübersingen.

Der Kapitän guckt auch zu tief
Ins Glas nach Ankergründen,
Bis er ganz sanft im Herrn entschlief,
Bevor er sie konnte finden.

Weh dir, verlaß'nes armes Schiff!
Weh allen Passagieren!
Wer wird durch Sandbank, Sturm und Riff
Euch nun zum Hafen führen?

Da nahm eine lose Welle das Wort:
Ihr Schwestern, was kann's verschlagen!
Wir schieben zum Spaß am Schifflein fort,
Laßt sehn, wie weit wir's tragen?

Da dachte Boreas: fast ist's Zeit,
Zu ruhn von dem vielen Bewegen!
Will mich einmal gemächlich breit
Zur Rast in die Segel legen.

Hei, wie das Schiff durch die Fluthen schoß,
Getrieben von Wind und Wellen!
Doch weh, nun geht's auf den Felsen los,
Hilf Gott, nun muß es zerschellen!

Den Blinden und Lahmen im Wege pflegt
Zu weichen ein Mann von Sitte!
So denkt der Felsen und bewegt
Zurück sich um sechs Schritte.

Vorbei das Schiff durch die Fluthen schoß,
Getrieben von Wind und Wellen;
Doch nun geht's grad' auf den Hafen los,
Nun wird's an der Küste zerschellen!

Den Ankern ward es zeitlang fast,
Die müßig am Borde hingen;
Da sagte einer: Ihr Brüder, laßt
Zum Bad' ins Meer uns springen!

Gesagt, gethan! Er hüpft vom Bord!
Das Volk im Schiff erwachte;
Sie lagen vor Anker mitten im Port!
Wie freundlich das Ufer lachte!

Sie stiegen ans Land, gar inniglich
Entzückt von des Schiffs Regierern.
Gott wolle meine Freund' und mich
Bewahren vor solchen Führern!

Doch woll' er meinen Freunden und mir
Solche Wellen und Winde geben,
Und solche Felsen und Anker dafür,
Zur See und auch im Leben!

Archipelagus der Liebe.

Es glüht das Meer, endlos vor mir gebreitet,
Wie die Erinnerung an ros'gen Mai,
Und jenes Segel, das darüber gleitet,
Mich dünkt's, als ob mein eignes Herz es sei.

Du unstät Fahrzeug dort, das schwank und irre
Fern durch die Wogen steuert hin und her,
Wer sagt mir wohl, wohin dein Segel schwirre
In diesem weiten, inselreichen Meer?

Welch Eiland einst dein Port aus all den blauen,
Zerstreut im Spiegel abendrother Gluth,
Wie Häupter holder Jungfrau'n anzuschauen
Auftauchend aus dem Bade lauer Fluth?

Ob dieses hier, auf dessen Flur von Rosen
Der Abend jetzt auch seine Rosen streut,
Daß Himmelsblüthen mit den ird'schen kosen,
Und Erd' und Himmel glühn im Blumenstreit?

Ob jenes dort, so stolz die Stirne tragend,
Wenn Morgenroth drauf seinen Kuß gepreßt,
Doch dessen goldner Felsenwall, hochragend,
Den Kahn der Sehnsucht nimmer landen läßt?

Ob jene Insel, die, daß sanft es lande,
Manch Schifflein lockt, und lieblich anzusehn,
Wenn Mondenglanz sich gießt auf ihre Strande
Und goldne Stern' in Meer und Aether stehn?

Ob es die blondgelockte, deren Felder
In üpp'ger Saat hinfluthen helles Gold?
Die schwarzgelockte, der ein Kranz der Wälder
Wie lindes Haar reich um die Schultern rollt?

Wer sagt es mir, wohin dieß Segel schwirre,
Und ob's ein Schiff auch, was dort treibt umher?
Ob's nicht vielleicht mein Herz, das schwanke, irre,
Durchschiffend der Erinn'rung blaues Meer?

Auf dem Meere.

Aufs Meer bin ich gefahren
Im Kahne ganz allein,
Begeisterung im Herzen,
Im Korb die Flasche Wein.

Aufs Meer bin ich gefahren,
Zu leeren die Flasche rein!
Sieht man so vieles Wasser,
Schmeckt doppelt süß der Wein.

Den vollen blinkenden Becher
Empor hebt meine Hand:
Hoch, all' ihr fernen Lieben!
Hoch, deutsches Vaterland!

Hinaus bin ich gefahren,
Zu sehn, was bewegter wallt:
Mein Herz, wenn's denkt der Lieben,
Das Meer, wenn's in Wogen sich ballt?

Ein Zug von holden Gestalten
Der schreitet über den Plan,
Als Heiland mit dem Oelzweig
Wallt jede von ihnen heran.

Es sind viel Bilder der Lieben,
Sie sitzen zu mir herein;
Gottlob, daß es nicht die Leiber,
Sonst sänke der Nachen ein!

Aufs Meer bin ich gefahren,
Zu schwören festen Eid,
Beständig hier inmitten
Der Unbeständigkeit!

Dem Wahren, Rechten, Schönen
Zum Banner treu zu stehn!
Kann ich zu den Besten nicht klimmen,
Doch nie mit den Schlechten zu gehn!

Wo edel der Kampf, zu kämpfen,
Doch fern, wo Wahnwitz ficht!
Und Herz und Mund und Leben
Für Freiheit, Recht und Licht!

Liegt einer krank am Lager,
Der hat zum Scherzen nicht Zeit;
Trennt wen ein Brett nur vom Tode,
Der schwört nicht falschen Eid.

Aufs Meer bin ich gefahren,
Zu singen nebenbei
Ein Lied in den freien Aether,
Gleich ihm so frisch und frei!

Hat guten Klang das Liedlein,
Dann klingt es doppelt gut,
Wenn's auf den Flügeln der Lüfte
Sanft hinschwebt über die Fluth.

Hat üblen Klang das Liedlein,
So hat es ja Keiner belauscht,
So wirds ja verweht von den Winden
Und von den Wellen verrauscht.

Lieder aus dem Gebirge.

1830. 1831.

Der treue Gefährte.

Ich hatt' einst einen Genossen treu,
Wo ich war, war er auch dabei;
Blieb ich daheim, ging er auch nicht aus,
Und ging ich fort, blieb er nicht zu Haus.

Er trank aus einem Glas mit mir,
Er schlief in einem Bett mit mir,
Wir trugen die Kleider nach einem Schnitt,
Ja selbst zum Liebchen nahm ich ihn mit.

Und als mich's jüngst zu den Bergen zog,
Und Stab und Bündel im Arm ich wog,
Da sprach der treue Geselle gleich:
Mit Gunsten, Freund, ich geh' mit euch!

Wir wallten still hinaus zum Thor,
Die Bäume streben frisch empor,
Die Lüfte bringen uns warmen Gruß,
Da schüttelt der Freund den Kopf mit Verdruß.

Im Aether jauchzt ein Lerchenchor,
Da hält er zugepreßt sein Ohr;
Süß duftet dort das Rosengesträuch,
Da wird er schwindlig und todtenbleich.

Und als wir stiegen den Berg hinan,
Verlor den Athem der arme Mann;
Ich wallt' empor mit leuchtendem Blick,
Doch er blieb keuchend unten zurück.

Ich aber stand jauchzend ganz allein
Am Bergesgipfel im Sonnenschein!
Rings grüne Triften und Blumenduft!
Rings wirbelnde Lerchen und Bergeslust!

Und als ich wieder zu Thal gewallt,
Da stieß ich auf eine Leiche bald:
O weh, er ist's! Todt liegt er hier,
Der einst der treu'ste Gefährte mir!

Da ließ ich graben ein tiefes Grab
Und senkte die Leiche still hinab,
Drauf setzt' ich einen Leichenstein
Und grub die Wort' als Inschrift drein:

„Hier ruht mein treu'ster Genoß im Land,
Herr Hypochonder zubenannt;
Er starb an frischer Bergesluft,
An Lerchenschlag und Rosenduft!

Sonst wünsch' ich ihm alles Glück und Heil,
Die ewige Ruh' werd' ihm zu Theil,
Nur wahr' mich Gott vor'm Wiedersehn
Und seinem fröhlichen Auferstehn!"

Ungleicher Tausch.

Alpensöhne, frei und bieder,
Wenn in unsre Städt' ihr wallt,
Jauchzt ihr auch das Lied hernieder,
Das auf euren Bergen hallt;

Wollt' auch unsern Augen bieten,
Was auf euren Alpen blüht:
Rosen auf den grünen Hüten,
Und wohl Rosen im Gemüth.

Jetzt da ich erklommen habe
Eurer Berge Hochgebiet,
Bring' auch ich euch würd'ge Gabe?
Kranz für Kranz, und Lied für Lied?

Blumen mag ich zwar auch bieten,
Aber frostig, steif und kalt,
Wie der Winter solche Blüthen
Höhnend uns ans Fenster malt.

Kranz um Kranz auch mag ich tauschen,
Aber dürr und ohne Duft,
Knisternd wie Cypressenrauschen
An gestorb'ner Hoffnung Gruft.

Denn des Thals Gedanken drängen
Sich um mich hier oben auch,
Und als eis'ge Blumen hängen
Sie sich rings an Fels und Strauch.

Auf der Bank der Alpenhütte
Sitz' ich nun zur Abendrast,
In der grünen Triften Mitte,
Schönste Hirtenmaid, dein Gast.

Stolz sehn dort die Tannen nieder,
Ihr Gewand vertauschend nie!
Freiheitsdurst'ge Waffenbrüder,
Haltet Farbe, so wie sie!

Fällt auch eine gleich von diesen
Hier und dort der Aexte Spiel,
Ist's vom Haupt des Bergesriesen
Nur ein Haar, das ihm entfiel.

Seht den Quell Demanten stäuben
Im Gebirg', wo frei er fleußt,
Doch verdämmt nur Mühlen treiben! —
Stäub' Demanten, Menschengeist!

Ha, wie fest die Sennenhütte,
Steinbeschwert, im Sturm sich hält!
Seht's, ihr Bauherrn, die zum Kitte
Eures Baues Blut ihr wählt!

Seht auch dort das Bergschloß schimmern,
Dessen Mörtel laut'rer Wein!
Wollt ihr auch so dauernd zimmern,
Nehmt auch Kitt, so frisch und rein!

Horch, ein Knall! die Felsenadern
Dort am Bergwerk sprengen sie!
Pulver sprengt wohl einz'le Quadern,
Doch ein Volk von Felsen nie!

Stolzen Haupts im Silberstrahle
Stehn die Riesen unbesiegt,
Während etwas Staub im Thale
Ihnen von den Sohlen fliegt!

Adler hoch im Blau dich wiegend,
Lieblingslied im Fürstentraum,
Doppelt ihrem Stolz kaum g'nügend
Und erreicht doch einfach kaum!

Thier, flieg in die Sonnenauen,
Laß im Staub den Menschen gehn!
Doch ein Lamm in deinen Klauen!
Ha, war's also zu verstehn? —

Ferne Abendglocken sangen
Frieden ins Gebirg hinein,
Und die Alpenhörner klingen
Und die Blumen nicken ein.

Glocke voll der Zauberklänge,
Menschenwerk! O daß so traut
Frieden durch das Thal es sänge,
Wo die Menschen Hütten baut!

Guten Abend, schöne Dirne,
Ei und bringst du Röslein mir?
Eine Maid mit heit'rer Stirne
Ist die Freiheit auch, gleich dir!

Ach, wann wird sie Rosen pflücken
Aller Welt, so wie du mir?
Wann die Welt ins Aug' ihr blicken
Ach so gerne, wie ich dir?

Alpenblümlein rings im Moose,
Ei, was sagt denn ihr dazu?
Alpendirnlein, schön und lose,
Und was meinst denn du?

Kern und Schale.

Ein Schenkhaus, draußen schlicht und klein
Ein dürrer Kranz als Zeichen;
Doch drin, voll kühlem, goldnem Wein
Ein Keller sonder Gleichen!

Am Fenster manch zerbroch'ner Topf,
Drin blüh'nde Rosen schwanken;
Am Schenktisch manch ein ernster Kopf,
Drin fröhliche Gedanken!

Ein Kirchlein, halb verfallen schon,
Die Pforte morsch und enge;
Doch drinnen Andacht, Orgelton
Und Trost und Liederklänge!

Ein blinder Kutscher, lahme Pferd',
Ein alter Karr'n im Sande,
Doch drin im morschen Kasten fährt
Die schönste Maid im Lande!

Ein graues kahles Felsenthal,
Drin frische Quellen rinnen;
Ruinen alt, verwittert, fahl,
Doch grüner Epheu drinnen?

Ja, seht mich selbst, den Wandersmann,
Gebräunt vom Sonnenbrande,
Mit grauem Kittel angethan,
Beschneit von Staub und Sande!

Doch ist mir in der Brust das Blühn
Des Frühlings aufgegangen,
Mit blauem Himmel, frischem Grün,
Gesang und Blumenprangen!

Ja, zweierlei ist Schal' und Kern!
Den Spruch hab' ich erwandert!
Und zweifelt wer an ihm, ihr Herrn,
Knackt Nüsse, oder wandert!

Wandergruß.

Dort am Bergschloß, daß ich raste,
Lädt der Blüthenbaum mich ein,
Freundlich winkt der Vogt zu Gaste
Mit dem vollen Becher Wein.

Den Urahn und seine Gäste
Hat dieß Kelchglas schon geletzt,
Und an ihrem Hochzeitfeste
Ahnfrau diesen Baum gesetzt.

Drum wie seinen Blüthenregen
Ueber mich der Baum jetzt streut,
Dünkt's mich wie ein Ahnensegen
Aus der alten fernen Zeit.

Und wie ich, vom Born zu nippen,
Mit dem Glas berührt den Mund,
Ist's, als ob des Ahnherrn Lippen
Böten mir den Gruß zum Bund.

Die in weiter Welt sich mieden,
Eine dieses Glases Kreis;
Was durch Zeit und Land geschieden,
Drückt hier Lipp' an Lippe leis.

Von Geschlechten zu Geschlechten
Schlinge sich der heil'ge Bund!
Fort und fort sein Band zu flechten,
Weiht, o Glas, dich Herz und Mund!

Diesen Kuß, zu fernen Tagen,
Wenn zu Staube längst ich bin,
Sollst du auf die Lippen tragen
Einer späten Enkelin.

Für den Enkel Gruß und Segen
Will ich dir, o Baum, vertrau'n,
Daß du ihn als Blüthenregen
Um sein Haupt magst niederthau'n.

Scenerie.

Ein Kreis von grünen Bäumen,
Gesträuch und Rasengrün;
Der Pfarrer wandelt betend
Mit dem Brevier dahin.

Die Lüfte blättern dienend
Sanft Blatt für Blatt herum;
Ein Strahl der Gnade, leuchtet
Die Sonn' ins Heiligthum.

Ein Kreis von grünen Bäumen,
Gesträuch und Rasen dabei,
Und jauchzend tafelt drunter
Eine lust'ge Kumpanei.

Die Büsche wölben als Keller
Sich über die Flaschen kühl,
Als Tafelmusik beginnen
Die Vögel im Laub ihr Spiel.

Ein Kreis von grünen Bäumen
Und Rasen und Gesträuch,
Da wallt, zermalmt von Elend,
Ein Mann gar trüb' und bleich.

Er seufzt, — da seufzt das Echo,
Wie eine Stimm' aus dem Grab;
Er weint, — da weinen die Zweige
Den Abendthau herab.

Ein Kreis von grünen Bäumen,
Gesträuch und Rasenplan;
Es schleicht mit blankem Dolche
Ein Mörder lauernd heran.

Der Büsche dichtes Dunkel
Versteckt den Finstern gut;
Da trieft vom Himmel selber
Das Abendroth als Blut.

Ein Kreis von grünen Bäumen,
Gesträuch und Rasen blos;
Da wallt mit Dint' und Feder
Der Amtmann aus dem Schloß.

Als Pult dient ihm ein Baumstamm,
Dran lehnt er die Bogen auf,
Die Zweige schütteln als Streusand
Den Blüthenstaub ihm drauf.

Ein Kreis von grünen Bäumen,
Gesträuch und Rasengrün,
Und Bursch' und Dirne lagern
Sich küssend und kosend hin.

Die Bäume stehen Wache,
Der Rasen ist breit und weich,
Die Nacht senkt still den Vorhang,
Verschwiegen ist das Gesträuch.

Baumpredigt.

Um Mitternacht, wenn Schweigen rings,
Beginnt's durch Waldesräume,
Und wo sonst Büsch' und Bäume stehn,
Zu flüstern, rascheln und zu wehn,
Denn Zwiesprach halten die Bäume.

Der Rosenbaum loht lustig auf,
Duft raucht aus seinen Gluthen:
„Ein Rosenleben reicht nicht weit,
Drum soll's, je kürzer seine Zeit,
So voller, heller verbluten!"

Die Esche spricht: „Gesunkner Tag,
Mich täuscht nicht Glanz und Flittern!
Dein Sonnenstrahl ist Todesstahl,
Gezückt aufs Rosenherz zumal,
Doch auch wir Andern zittern!"

Die schlanke Pappel spricht, und hält
Zum Himmel die Arm' erhoben:
„Dort strömt ein lichter Siegesquell,
Der rauscht so süß und glänzt so hell,
Drum wall' ich sehnend nach oben!"

Die Weide blickt zur Erd' und spricht:
„O daß mein Arm dich umwinde,
Mein wallend Haar neig' ich zu dir,
Drein flechte deine Blumen mir,
Wie Mütterlein dem Kinde."

Drauf seufzt der reiche Pflaumenbaum:
„Ach, meine Füll' erdrückt mich!
Nehmt doch die Last vom Rücken mein!
Nicht trag' ich sie für mich allein;
Was ihr mir raubt, erquickt mich!"

Es spricht die Tanne guten Muths:
„Ob auch an Blüthen ich darbe,
Mein Reichthum ist Beständigkeit;
Ob Sonne scheint, ob's stürmt und schneit,
Nie änder' ich meine Farbe!"

Der hohe stolze Eichbaum spricht:
„Ich zittre vor Gottes Blitzen!
Kein Sturm ist mich zu beugen stark,
Kraft ist mein Stamm, und Kraft mein Mark,
Ihr Schwächern, euch will ich schützen!"

Die Epheuranke thät an ihn
Sich inniger nun fügen:
„Wer für sich selbst zu schwach und klein,
Und wer nicht gerne steht allein,
Mag an den Freund sich schmiegen!"

Drauf sprachen sie so Manches noch,
Ich hab' es halb vergessen.
Noch flüsterte manch' heimlich Wort,
Es schwiegen nur am Grabe dort
Die trauernden Cypressen.

O daß die leisen Sprüchlein all'
Ein Menschenherz doch trafen!
Was Wunder, wenn sie's trafen nicht?
Die Bäume pred'gen beim Sternenlicht,
Da müssen wir ja schlafen.

Der Ring.

Ich saß auf einem Berge
Gar fern dem Heimatland,
Tief unter mir Hügelreihen,
Thalgründe, Saatenland!

In stillen Träumen zog ich
Den Ring vom Finger ab,
Den sie, ein Pfand der Liebe,
Beim Lebewohl mir gab.

Ich hielt ihn vor das Auge,
Wie man ein Fernrohr hält,
Und guckte durch das Reifchen
Hernieder auf die Welt:

Ei, lustiggrüne Berge
Und goldnes Saatgefild,
Zu solchem schönen Rahmen
Fürwahr ein schönes Bild!

Hier schmucke Häuschen schimmernd
Am grünen Bergeshang,
Dort Sicheln und Sensen blitzend
Die reiche Flur entlang!

Und weiterhin die Ebne,
Die stolz der Strom durchzieht;
Und fern die blauen Berge,
Grenzwächter von Granit!

Und Städte mit blanken Kuppeln,
Und grünes Wälderreich,
Und Wolken, ziehend zur Ferne,
Wohl meiner Sehnsucht gleich!

Die Erde und den Himmel,
Die Menschen und ihr Land,
Dieß Alles hielt als Rahmen
Mein goldner Reif umspannt.

O schönes Bild, zu sehen
Vom Ring der Lieb' umspannt
Die Erde und den Himmel,
Die Menschen und ihr Land!

Elfenleiden.

In geheimer stiller Freude
Blickt' ich eine Rose an,
Die im Perl= und Purpurkleide
Schwellend aufzublühn begann.

Bange doch vielleicht zu Muthe
War's dem Elfen, klein und traut,
Der in ihrem Kelche ruhte,
Drin sein Häuschen er gebaut.

Wenn ein Knöspchen platzend springet,
Kracht's ihm wohl wie Donnerklang,
Wenn ein West die Rose schwinget,
Macht ihm Erdebeben bang!

Wie ihr Kelch sich aufthut Allen,
Schreckt ein Abgrund schwindelnd ihn,
Und des Blüthenstaubes Fallen
Stürzt auf ihn als Schneelavin'.

Eine Ueberschwemmung drohte
Seiner Wohnung, Hab' und Haut,
Als es kühl aus Morgenrothe
Perlen in den Kelch gethaut.

Als mein Athem freier wehte,
Schien's ihm Sturmwinds Ungestüm,
Und vielleicht gar als Komete
Droht' mein heitrer Blick ob ihm.

Und mit Bangen sonder Gleichen
Harrt der Kleine ängstlichschen,
Was wohl all der Schreckenszeichen
Grausenhaftes Ende sei?

Doch mit tiefer stiller Freude
Blickte ich die Rose an,
Die im Perl= und Purpurkleide
Blüthenvoll sich aufgethan.

Elfe und Kobold.

Stehn zwei Sennenhütten ferne,
Wo die Alpenwiese lacht,
Ob den Giebeln halten Sterne,
Blumen vor der Schwelle Wacht.

In dem Moos der einen Hütte
Schläft die blonde Sennin leis;
Welches Alpenkind bestritte
Ihr der Schönheit ersten Preis?

Daß mein Aug' noch Schön'res labe,
Müßt' ich wandern wahrlich weit,
Wenn du, schöner Jägerknabe,
Nicht ihr lägest hier zur Seit'!

Und der Elf', der weiße feine,
Der dieß Hüttlein treu bewacht,
Legt zu Häupten ihnen eine
Frische Rosenknospe sacht.

Als das Knöspchen aufgegangen
War zur blüh'nden Rose kaum,
Hat die Schlummernden umfangen
Gar ein lieblich süßer Traum.

In dem Moos der andern Hütte
Schläft die braune Alpenmaid;
Welch Gebirgskind wohl bestritte
Ihr den Preis der Häßlichkeit?

Daß Unholdres ich entdecke,
Müßt' ich wandern wahrlich weit,
Wenn du, Köhler, schwarzer Recke,
Nicht ihr lägest hier zur Seit'!

Der Kobold, der braune Kleine,
Der dieß Hüttlein treu bewacht,
Legt zu Häupten ihnen eine
Frische Rosenknospe sacht.

Als das Knöspchen aufgegangen
War zur blüh'nden Rose kaum,
Hat die Schlafenden umfangen
Gar ein lieblich süßer Traum. —

Morgens als erzählt ihr Träumen
Dieses sich und jenes Paar,
Mocht' es sich gar seltsam reimen,
Daß derselbe Traum es war!

Morgens als im Himmelsgarten
Früh der liebe Gott spaziert,
Seine Blumen mild zu warten,
Deren Pracht sein Haus umziert;

Fand er alle blühn zum Besten,
Sonnenrosen üppig glühn,
Feuerbüsch' in Flammenästen,
Sternenblumen duftig sprühn;

Nur vom blühendsten Gesträuche,
Das ganz voll von Rosen stand,
Kamen Nachts ihm zwei ganz gleiche
Schöne Knospen heut' abhand.

Legende.

Auf eines Berges Rücken
Saß einst der liebe Gott,
Und maß mit fröhlichen Blicken,
Was rings dem Auge sich bot.

Er sah zu seinen Füßen
Gewalt'ge Berge sich reih'n,
Und grüne Wälder sprießen
Und goldne Saaten gedeih'n.

Er sah die Quellen springen,
Er athmete Blumenduft,
Und hörte die Vögel singen
In goldner Morgenluft.

Da lächelte zufrieden
Er stille vor sich hin;
Die Menschen im Thal hernieden
Sah'n goldner die Berge glühn.

Er sah nun lange mit Freude
Herab auf seine Welt,
Und sprach: Bei meinem Eide,
Das hab' ich wohl bestellt!

Und reichere Blumendüfte
Erquollen bei seinem Wort,
Es rollte durch Erd' und Lüfte
Harmonisches Klingen fort.

Die Welt lag in der Blüthe,
Es lächelt' des Herrn Gesicht;
Da klang in seinem Gemüthe
Empor ein himmlisch Gedicht.

Da wollt' er in Worte kleiden
Und schreiben auf Pergament
All' seine Schöpferfreuden,
Wie nun sein Herz sie kennt.

Doch als er's drauf besehen,
Wie's auf dem Blatte steht,
Da war's auch ihm geschehen,
Wie's manchem Dichter geht:

Nicht konnt' er treu berichten
Des Herzens warmen Schlag;
Nicht konnt' er's schöner dichten,
Als rings es vor ihm lag!

Da riß er's zu tausend Stücken
Und gab's den Winden preis,
Sah wieder mit frohen Blicken
Auf seinen Erdenkreis.

Doch wie nun hin und wieder
Der Wind die Stücke webt,
Da ward aufs Thal hernieder
Ein Blüthenregen gesät! —

Wer freitags auf der Reise,
Braucht nicht zu fasten dabei;
Wer Sonntags auf der Reise,
Ist von der Messe frei.

So hab' ich dieß Lied gesungen
Statt eines Gebetes heut',
Von Sonntagsglocken umklungen,
Von Blüthen überschneit.

Der Deserteur.

Auf der Hauptwacht sitzt geschlossen
Des Gebirges schlanker Sohn,
Morgen frühe wird erschossen,
Der dreimal der Fahn' entflohn.

Heute gönnten mit Erbarmen
Sie ihm Wein und Prasserkost;
Doch in seiner Mutter Armen
Gibt und nimmt er letzten Trost:

„Mutter, seht, die närr'schen Leute
Heischten Treu' und Eid mir ab,
Die ich doch, und nicht erst heute,
Meiner lieben Sennin gab!

Soll mein Blut dem Fürsten geben,
Mag wohl sein ein guter Mann;
Doch er fordre nicht mein Leben!
Was blieb' euch, o Mutter, dann?

Eures Hauptes Silberflocken,
Acker schirmen, Hof und Haus
Und der Liebsten goldne Locken,
Füllt's nicht schön ein Leben aus?

Hoch von langen Stangen wallten
Fetzen Tuchs, drauf sie recht fein
Ein geflügelt Raubthier malten;
Und da sollt' ich hinterdrein!

Dem Gevögel Adlern, Geiern,
War ich doch mein Lebtag gram;
Schoß manch einen, der zu euern
Und der Liebsten Heerden kam!

Ueber eine blanke Schachtel
Spannten sie ein Eselsfell:
Welch Gedröhn, statt Lerch' und Wachtel,
Die im Korn einst schlugen hell!

Trommellärm trieb mich von dannen,
Alphorn rief mich zu den Höhn,
Wo die grünen, duft'gen Tannen,
Meine echten Fahnen, wehn!

Unserm Küster lauscht' ich lieber
Mit dem tapfern Fiedelstrich,
Während vom Gebirg herüber
Süß'rer Klang mein Ohr beschlich!

In zweifarbig Tuch geschlagen,
Knebelten mich Spang' und Knopf,
Einen Höcker sollt' ich tragen
Und als Hut solch schwarzen Topf!

Besser läßt, das sieht doch Jeder,
Mir der grüne Schützenrock,
Auf dem Hut die Schildhahnfeder,
Stutzen auch und Alpenstock!

Wachtstehn sollt' ich Nachts vor Zelten!
Lullt mein Wachen sie in Ruh?
Legt der Herr den mir geschmälten
Schlummer wohl dem ihren zu?

Besser als durch mich geborgen
Stellt' in Himmels Schutz ich sie;
Und vor Liebchens Haus am Morgen
Stand als Ehrenwacht ich früh.

Morgen, wenn die Schüsse schüttern,
Mutter, denkt, daß fern von euch
Im Gebirg bei Hochgewittern
Mich erschlug ein Wetterstreich!

Besser will mir's so behagen!
Kann doch auf den Lippen treu
Euren, ihren Namen tragen,
Wie der blüh'ndsten Rosen zwei!"

Und der Morgen stieg zur Erde;
Unter laub'gem Blüthenbaum
Ruht die Sennin; ihre Heerde
Weidet rings am Bergessaum.

Horch! Im Thalgrund Büchsenknalle,
Daß, aus seinem Morgentraum
Aufgeschreckt vom rauhen Halle,
Bang und zitternd lauscht der Baum!

Aus der Krone losgerüttelt
Taumeln Blüthenflocken hin,
Tropfen Thau's, wie Thränen, schüttelt
Er aufs Haupt der Sennerin!

Und entsunken sind zur Stunde
In dem Thale, grün und frei,
Einem rothen Jünglingsmunde
Wohl der blüh'ndsten Rosen zwei.

Der Friedhof im Gebirge.

I.

Friedhof der Alpen, deine Hügel schwellen
So friedensgrün am Tannenwald vor mir,
Als schlüge seine leisen grünen Wellen
Der stille Ozean des Todes hier.

Nicht hast du nach der Städter Art umzogen
Mit blanken Mauern rings den Wellenschwall!
Die sanften Hügel, als empörte Wogen,
Durchbrächen, überfluthend, bald den Wall!

Auf ihnen wogen nicht im fahlen Schimmer
Steinkreuze, Säulen, Katafalke fort,
Und Urnen, Pyramiden, gleichwie Trümmer
Vom Wrack des Lebensschiffs, gestrandet dort!

Nein, sie verspülen sanft und frei! — Entstiegen
Ist drans ein Kreuz allein, kunstlos und schlicht,
Als Leuchtthurm wohl, der, wenn die Sterne schwiegen,
Auf diese dunkle See ausgießt sein Licht.

Der Vollmond quillt durch dunkle Tannenreiser
Und mündet seinen Lichtquell wellenwärts.
Die Waldeswipfel flüstern immer leiser,
Und stiller Meeresfahrt gedenkt das Herz.

Du träumst, dein Haupt verhüllt in Silberschleiern,
Und ahnst, o Tannenbaum, wie du als Kahn
Einst wirst hinaus ein Kind des Friedens steuern
In diesen stillen grünen Ozean!

2.

O Tod, du warst, Ungleiches auszugleichen,
Doch allzuhart und gar zu eifrig hier!
Ach, keine Inschrift und kein Liebeszeichen,
Nur leises Ahnen nennt die Schläfer mir!

Ein Hirte wohl ruht hier im duft'gen Rasen:
Ich seh' ja frei um seinen grünen Rain
Die Alpenheerde in den Kräutern grasen;
Und wo die Heerde, muß der Hirte sein!

Ein Jäger träumt da unter kühler Decke:
Mir sagt's das Rehlein, weidend hier bei Nacht,
Als ob es sanft die todte Hand ihm lecke;
Wem wäre sonst so milde Wach' erdacht?

Ein Schnitter schlummert dort am fernen Saume:
Ich seh' es an der Blumen selt'nem Tanz,
Als wühle seine Hand darin im Traume,
Zu flechten sie zum heit'ren Erntekranz!

Doch will zum Grab des Lieben Liebe wandern,
Auf welches ströme sie den Thränenzoll?
Nun, was verschlägt's, erquickt er einen Andern,
Zu dem vielleicht noch keine Zähre quoll?!

O Trauer, suchst du nur nach Einer Welle?
Und ist das ganze dunkle Meer doch dein!
Dünkt dir ein einzig Sternlein tröstend helle?
Dein soll der ganze Strahlenhimmel sein!

O Liebe, spähst du nur nach Einem Halme?
Die ganze Erde fiel dir ja zum Loos!
Verletze nicht die Tanne ob der Palme,
Nicht ob des Blumenstrauchs das arme Moos!

Die Muse vor Gericht.

Komm, Muse meines Liedes, komm ins wilde
Steinklippenthal der Urwaldsnacht mit mir!
Vor jener Eichen alter Richtergilde
Dort spräch' ich gern ein ernstes Wort mit dir.

Nicht gnügt's, daß dir der Markt, der leichtentzückte,
Des Lobs Almosen zuwarf manchesmal,
Manch allzumilder Freund die Hand dir drückte,
Und Beifallswort sich seinem Mund entstahl!

Kein Mensch beschritt den Waldpfad, den wir wählen;
Horch, von den Zweigen tränft der Vögel Sang
Wie Frühthau auf die Blumen unsrer Seelen!
Ach, er verstummt bei unsrer Schritte Klang!

Sie sangen nicht, um unsrem Ohr zu dienen,
Und Lerchenweisen lallt der Finke nie:
Mein besser Seelentheil wohl sang aus ihnen!
Sprich, Muse meines Lieds, thatst du wie sie? —

Ein Blüthenbaum verlor sich dort zu Eichen,
Die blüthenlos, wenn sonst auch schön und grün;
Doch er kann anders nicht, als Blüthen reichen,
Nur Art und Blitz gefährden einst sein Blühn!

Froh wiegt er sein Gezweig im Sonnenlichte!
Dem Blitze schlägt sein blumiges Gesträuch,
Die blüh'nde Waffe, er ins Angesichte!
Sprich, Muse meines Lieds, thust du's ihm gleich? —

Am Grunde modert eine alte Eiche,
Manch hundert Lenze füllten einst ihr Mark;
Gleichgültig stehn die Brüder um die Leiche,
Sind alle ja noch laubig, grün und stark!

Der Vogel, der des Baumes Lenzgefühle
Von seinem Blatte las und statt ihm sang,
Der liederreiche, düngt in Gartenkühle
Jetzt Blumen fern zu Duft und Blüthendrang.

In dunkler Nacht, wenn Stern' und Mond nicht glänzen
Umquillt phosphorisch Licht den morschen Baum:
Traun, ihn umwallt von seinen todten Lenzen
Ein leuchtender und schöner Grabestraum!

Und wird auch mir, wenn einst im Waldesdüstern
Fern und vergessen sich mein Hügel hebt,
Ein lichter Traum von dir es tröstend flüstern,
Daß kein verlornes Leben ich gelebt?

Sprich, wird einst meines Jugendliedes Rose
Dem greisen Haupt nur Flitter, deß sich's schämt,
Nicht eine Zierde, gleich dem Kranz von Moose,
Der jenes kahle Felshaupt schön verbrämt? —

Der Wildbach schlägt sich tapfer hier durch Klippen,
Ein Röslein wiegt auf seinen Wellen sich!
Das wuchs nicht hier auf diesen Felsenrippen,
Und mahnt an schön'res Land, das er durchstrich!

Das Bächlein bangt nicht, daß die Klippe zürne,
Wenn es der nackten zeigt, was ihr gebricht,
Und über ihrer finstern Felsenstirne
Die klaren Sterne spiegeln rein und licht!

Hast du auch frei und ohne Furcht und Lüge
Stets, Muse meines Lieds, geoffenbart
Die Ahnungsrosen deiner Seelenzüge,
Die Glaubenssterne deiner Geisterfahrt?

Blick' in die strengen Felsenangesichter,
Sie sprechen dir dein Urtheil unerweicht!
Lies es im grünen Blatt, das dir dein Richter,
Der Waldbaum, wie mit leisem Zittern reicht!

Spricht dich's nicht frei, dann wage nie zu schreiten
In dieses Waldes Dom, deß Fluch dich bannt,
Der Sündrin gleich, die einst in alten Zeiten
Im Bußhemd vor der Kirchenpforte stand!

Der Armen reichen im Vorüberschweben
Ehrsame Bürger Mitleidsspenden mild;
Wer kann ihr Reinheit, Ehre wiedergeben,
Und Trost und Segen, der im Dome quillt?

Das Alpenglühen.

Das ist im Thal ein Glänzen, Kosen
Von Blumen, Bäumen, Sonnenlicht,
Durch die sich, wie lebend'ge Rosen,
Ein Kranz von blüh'nden Menschen flicht!

Mit kaltem strengen Angesichte
Blickt nur das Alpenhaupt darein;
Ist's denn nicht auch berührt vom Lichte?
Was mag sein düstres Sinnen sein?

Nacht ist's geworden allzuschnelle
Und Dunkel hüllt des Thales Hag;
Nicht ahnt, wer's sah so froh und helle,
Daß es so finster, stumm sein mag!

Auf allen Wesen, grauubeklommen,
Der Finsterniß Vernichtung ruht!
Einst, als die erste Nacht gekommen,
Wie war es, Mensch, dir da zu Muth?

Den Bäumen bangt und graut im Düstern,
Die Zweige tasten scheu im Kreis;
Ihr Dasein noch sich zuzuflüstern
Beginnt's im Laub zu rauschen leis.

Der Rose Gluth kann jetzt nicht hellen!
Daß sie der Mensch zertrete nicht,
Läßt sie ihr Duften bange quellen,
Ihr Duft wird Hülfeschrei und Licht!

Der Lichterglanz, der wie mit Sehnen
Im Thal aus Fensteraugen bricht,
Er quillt wie flammenhelle Thränen
Um ein verlornes, größres Licht.

Doch sieh vom Flammenkranz umschlungen
Das Haupt der Alpe, gluthumrollt,
Als ob zu sparen ihr gelungen
Ein Theil von ihrem Tagesgold!

Als ob tagüber sie gefangen
Im Kranz die Rosen all' im Thal;
Als ob bei Tag dir von den Wangen,
Du Volk des Thals, das Roth sie stahl!

Wenn um der Witwe Leib sich senken
Die schwarzen Trauerhüllen dicht,
Glüht oft ein süßes Rückgedenken
Noch fort auf ihrem Angesicht.

Du aber, heitres Herz im Thale,
Nun deine hellen Tage blühn,
Bewahre sorgsam ihre Strahle,
In deinen Nächten nachzuglühn.

Sturm.

Es beschaut in Wellenkläre
Sich der Fels, ein schöner Greis,
Durch den See zieht meine Fähre
Leise ihr kristallnes Gleis.

Vorn im Schiff, das Ruder rührend,
Scherzt die schlanke Schifferin!
Hinten, fest das Steuer führend,
Starrt ihr Vater ernst dahin.

Vorn am Schiffe scheint zu glimmen
In der Fluth ein rother Schein;
Sind es Rosen, die da schwimmen?
Mädchen, sind's die Wangen dein?

Hinten an dem Steuer blinken
Rings die Wellen silberweiß;
Spiegeln sich der Gletscher Zinken?
Ist's dein Lockenschnee, o Greis?

Doch die Wellen werden rege,
Es verschwinden Ros' und Schnee,
Als ob Geisterhand sie zöge
Nieder in den tiefen See.

Weh, sturmlust'ge Winde fallen
Aus der Felsen Hinterhalt.
See, dein schlummernd Kindeslallen
Als Gigantenfeldschrei hallt!

Ungethüme sind die Wellen,
Bäumend hoch den Leib empor,
Ihre Zottenmähnen schwellen,
Und ihr Rachen heult im Chor.

Ungestüm in tollem Satze
Springen schnaubend sie heran,
Hann die grimme weiße Tatze
In den morschen, schwanken Kahn.

Aber peitschend ihre Flanken
Wild der Greis sein Ruder schwingt,
Bis die Bestienhord' im Schwanken
Knirschend, heulend, ihm entspringt.

Leis die krausen Schädel streichelnd
Rührt die Maid ihr Ruder nun,
Bis, wie Hündchen, wedelnd, schmeichelnd
Alle ihr zu Füßen ruhn.

Nimmer sind die Wellen rege,
Wieder schimmern Ros' und Schnee,
Als ob Geisterhand sie lege
Auf den hellen, stillen See.

War ein Kämpfen das und Rosen,
Abzuringen von dem See,
Mädchen, du die Handvoll Rosen,
Alter, du die Handvoll Schnee!

Des Zechers Grab.

Der Bach tief unterm Klippenhang
Rauscht in Sirenensängen,
Daß, hart am Felsrand, schwindelbang,
Gekrümmt, die Fichten hängen.

Am Kreuz von Holz spricht noch davon
Die Schrift mit trunk'nem Lallen,
Daß ein bezechter Alpensohn
Sich hier zu Tod gefallen.

Und wie ich lauschend Aug' und Ohr
Geneigt zur Abgrundstiefe,
Da war mir's, als ob draus empor
Dumpf eine Stimme riefe:

„Zechbrüderlein, hilf mir doch aus
Dem Felsenkeller wallen!
Sieh, in ein leeres Faß, o Graus,
Bin ich dahier gefallen!

Durchs Spundloch leuchtet karg und gelb
Der Tag in meine Tonne:
Dein Himmel ist mein Faßgewölb,
Mein Spundloch deine Sonne!

9*

Und wenn dieß karge Licht verschwand,
Dann funkelt Weinsteinglimmer
An meines Fasses dunkler Wand!
Du nennst es Sternenschimmer!

Was rauscht da? Weinfluth hör' ich voll
Aus offnen Zapfen jagen!
Dir ist's ein Bach! Nein, Wasser soll
Sich doch zu mir nicht wagen!

Träum' ich im grünen Friedhofraum
Bei Brüdern und Gespielen,
Wo Engel unsrer Stirne Saum
Mit Tannenreisern kühlen?

Nein, Weinlaub seh' ich über mir
In Kränzen lieblich schwanken!
Sprich, oder wehn um Klippen hier
Nur lose Epheuranken?

Ach, und zerfiel sich nicht mein Leib
An Klippen und in Lüften?
Wie Weinesblüth' und Most zerstäub'
Er froh in Schaum und Düften!

Doch du, herabgeneigt zum treu'n
Vasallen mächt'ger Fässer,
Dein Rausch von Lenz und Sonnenschein
Ist er so gar viel besser?

Wohl bist, wo strauchelnd ich geschwankt,
Du sacht vorbeigeglitten;
Doch bin ich oft, wo du gewankt,
Aufrecht und fest geschritten.

O schlürf' ihn ganz, den Goldpokal
Von Frühlingsduft und Rose,
Von Freiheit, Licht und Sonnenstrahl
Und Nachtigallgekose!

Ein süßer Taumel hebt den Schritt
Den Zechern und den Dichtern,
Wo scharfer Kies die Fersen schnitt
Den Armen, die da nüchtern!

In diesen Abgrund sinkst du nicht,
Doch anderswo in einen!
Geb' einen Traum, so schön und licht,
Der Herr dir dann, wie meinen!"

Der Sennerin Heimkehr.

Es blinken die Alpenzinnen
In Eis schon silbern ganz,
Der Herbst entlaubt im Thale
Der Bäume grünen Kranz.

Ums Dörflein dort am Hange
Grünt noch die Wiese fort,
Doch auf der Wiese die Blumen
Sind alle schon verdorrt.

Horch, was erklingt vom Berge
Wie voller Glockenklang?
Was tönt zum Thale nieder
Wie süßer Brautgesang?

Das ist mit ihrer Heerde
Die junge Sennerin,
Die von den Alpen nieder
Zur Heimat wallt dahin.

Die schönste ihrer Kühe
Mit hellem Glockenlaut,
Voran mit frischem Kranze,
Geschmückt wie eine Braut.

Rings um sie hüpft so fröhlich
Die ganze Heerde drein,
Wie treue Jugendgenossen,
Die sich des Tages freun.

Der schwarze Stier den Festzug
Als würdiger Pater führt;
Er schreitet hin bedächtlich,
Wie's solchem Herrn gebührt.

Und vor dem ersten Hause
Jauchzt dreimal hell die Maid,
Daß laut es gellt durchs Dörflein,
Durch Thal und Alpen weit!

Die Mütterlein und Dirnen
Sind flink herbeigerannt,
Die Sennerin drückt Allen
So warm und treu die Hand:

„Viel Grüße, schöne, frische,
Von grünen Alpenhöhn!
Wie lange, ach, wie lange,
Daß wir uns nicht gesehn!

Den ganzen langen Sommer
Saß ich so ganz allein
Mit Heerden und mit Blümlein,
Mit Sonn' und Mondenschein!“

Sie grüßt die Burschen alle
Mit heit'rem Angesicht,
Nur einen, und den schönsten,
Den grüßt sie eben nicht.

Nicht scheint es ihn zu grämen,
Und lächelnd läßt er's geschehn!
Er hat wohl auch die Schöne
So lange nicht gesehn?

Er trägt ein grünes Hütlein
Umsäumt von Rosen dicht.
Ei, solche Alpenrosen,
Im Thale blühn sie nicht!

Zwei Heimgekehrte.

Zwei Wanderer zogen hinaus zum Thor,
Zur herrlichen Alpenwelt empor.
Der Eine ging, weil's Mode just,
Den Andern trieb der Drang in der Brust.

Und als daheim nun wieder die Zwei,
Da rückt die ganze Sippe herbei,
Da wirbelt's von Fragen ohne Zahl:
„Was habt ihr gesehn? Erzählt einmal!"

Der eine drauf mit Gähnen spricht:
„Was wir gesehn? Viel Rares nicht!
Ach, Bäume, Wiesen, Bach und Hain,
Und blauen Himmel und Sonnenschein!"

Der Andere lächelnd dasselbe spricht,
Doch leuchtenden Blicks, mit verklärtem Gesicht:
„Ei, Bäume, Wiesen, Bach und Hain,
Und blauen Himmel und Sonnenschein!"

Lieder aus Italien.

1835.

Pinie und Tanne.

Nah des Grenzpfahls kaltem Banne
Zwischen deutsch' und wälschen Landen,
Eine Pinie, eine Tanne
Hart beisammen grünend standen.

Wie Vorposten grüner Jäger,
Ihren Heeren vor sich wagend,
Zweier Reiche Bannerträger,
Nords und Südens Fahne tragend;

Oder gleich zween Abgesandten,
Die mit Friedensgruß und Kränzen
Hier sich froh begegnend fanden
An der beiden Reiche Grenzen.

Pinie sprach: „Durch mich begrüßen
Reb' und Nachtigall die Schwestern,
Die auf Deutschlands Hügeln sprießen,
Singen in den nord'schen Nestern.

Apennin, in dessen Locken
Ich nur bin ein Blatt des Kranzes,
Er entbeut dem alten Brocken
Einen Gruß voll Sonnenglanzes!

Mögen nach verborg'nen Erzen,
Ird'schen Haß und Stolz zu kühlen,
Nie in seinem edlen Herzen
Menschenhände frevelnd wühlen!

Mög' ums Haupt ihm eines hellen,
Ew'gen Lenzes Krone glimmen,
Und zu Füßen ihm die Quellen
Tausend Silberharfen stimmen!

Lind um seine Schläfen schmiege
Sich ein Traum von alten Tagen,
Als sie in des Chaos Wiege
Schlummernd noch beisammen lagen!"

Tanne drauf: „Von Deutschlands Hainen
Grüß' ich Oelbaum, Lorberwälder;
Mögen sich die Zwei stets einen
So um Stirnen, wie um Felder!

Rhein entbeut dem Po, der Tiber
Gruß und Segen, den Geschwistern!
Also hört' ich mir vorüber
In den Silberbart ihn flüstern:

„„O daß ihre schönen, bleichen
Wellen Menschenblut nie färbe,
Nie die schnöde Fracht der Leichen
Ihren stolzen Nacken kerbe!

Mag nur Rosengluth sie röthen
Und Orangenduft berauschen,
Daß sie dann, die palmumwehten,
Schlummernd schönern Träumen lauschen:

Wie wir einst ins Weltmeer steigen,
Jubelnd dort zusammenklingen,
Hand in Hand den ew'gen Reigen
Um die blüh'nde Welt zu schlingen!'"

So bemühn sich Beid' aufs Beste
Ihre Sendung zu vollführen,
Während sanft sich ihre Aeste,
Wie zum Händedruck, berühren.

Schöne Pinie, deine Losung?
„Lenz und Friede, Licht und Liebe!"
Starke Tanne, deine Losung?
„Lenz und Friede, Licht und Liebe!"

Reben, die in wilden Keimen
Ueppig Stämm' und Aest' umstricken,
Schlagen zwischen beiden Bäumen
Kühn des Friedens grüne Brücken.

Eine Nachtigall schwebt singend
Diese Brücken auf und nieder,
Tann' und Pinie ganz umschlingend
Mit dem Netze süßer Lieder.

Horch, da hör' ich Trommeln hallen,
Schrecken zittert durch die Bäume!
Seh' die Wolke Staubes wallen,
Sie verschneit die Frühlingsträume!

Meiner Heimat Kriegesmannen
Ziehn vorüber und sie pflücken
Zweige sich von Pinien, Tannen,
Tschako und Standart' zu schmücken.

Brüder, zieht mit Gott die Bahnen!
Doch aus euch, ihr Zweig', umkeime
Ihre Schläfen leis ein Mahnen
Eurer Botschaft, eurer Träume.

Das Kreuz des Erschlagenen.

I.

Wieder seh' ein Kreuz ich ragen,
— Ach, ich sah schon ihrer viel! —
Wo ein Wandersmann, erschlagen,
Unterm Dolch des Meuchlers fiel!

Nacktes Kreuz, er sah dich sprossen
Noch als grünen schlanken Baum,
Und von deinem Duft umflossen
Schritt er hin im Frühlingstraum.

Du allein sahst ihn verbluten,
Einsam, fremd und unbekannt
Und auf deinen Blüthen ruhten
Seine Blick' im Tod gebannt.

Und du selbst, gefällt, erschlagen,
Hütest jetzt den Schreckensort;
Als ein Denkmal mußt du ragen
Für so grausen Doppelmord.

Nur der Vogel, der im Wipfel
Deines Laubs dich preisend sang,
Auf des Kreuzes nacktem Gipfel
Klagt dein Todtenlied er bang.

Und ein Rosenstrauch, als solle
Schmücken er dieß kahle Holz,
Klimmt hinan und pflanzt die volle
Ros' am Kreuzesgiebel stolz.

Ein Orangenbaum, als wolle
Bergen er dieß Kreuz der Schmach,
Hüllt es in das goldfruchtvolle,
Silberblüthenreiche Dach.

Doch es denken fern die Lieben
Noch des Manns, der sie verließ,
Als es ihn nach Süd getrieben
In dieß Blüthenparadies.

Und den Längstverschollnen sehen
Sie in blühender Gestalt
Fern noch durch die Rosen gehen,
Schlummernd ruhn im Lorberwald.

2.

Liegst, Italia, du schöne,
Nicht auch todt schon manch ein Jahr,
Von dem Dolch der eignen Söhne,
Von dem Schwert der Fremdenschaar?

Drum, Erschlagne, möcht' ich pflanzen
Dir ein riesig Kreuz von Stein;
Schlicht gehann müßt's aus dem ganzen
Block carrar'schen Marmors sein.

Und es dien' zum Sarkophage
Apennins Gesteinkoloß,
Drauf das Kreuz der Trauer rage
Weithin, einsam, weiß und groß!

Auf dem höchsten Grat der Hügel,
Wo Ein Blick zugleich erschaut
Mit des Mittelmeeres Spiegel
Adria, die Dogenbraut!

Heult dein Leichenlied das eine
Der zwei Meere sturmeswild,
Mag das zweit' im Widerscheine
Wiegen sanft des Kreuzes Bild!

Nur der Adler, der in Spalten
Einst des Marmorbruchs gehaust,
Fliegt empor dann, Rast zu halten
Hoch am Kreuze, sturmumbraust.

10*

Und die Sonne, die im Osten
Blüht als Rosenstrauch hinauf,
Klimmt hinan des Kreuzes Pfosten,
Schwebt als volle Ros' am Knauf.

Und verhüllt die Schmach zu hüten,
Neigt sich drauf der Baum der Nacht;
Aus der Sterne Silberblüthen
Mond, die Goldorange, lacht.

Doch wir, die dich lieben, sehen
Deine blühende Gestalt
Noch in deinen Rosen stehen,
Schlummernd ruhn im Lorberwald.

Im Batisterio zu Florenz.

Die ihr nach des Meisters Worten
Himmelspforten werth zu sein,
Kunstgeformte, ehrne Pforten,
Laßt den deutschen Wandrer ein!

Düstre, dunkle Taufkapelle,
Deiner heil'gen Nacht entfleußt
Manch ein Strahl der Himmelshelle,
Senkend sich in meinen Geist.

Vor mir steht ein greiser Priester,
Segen betend für ein Kind,
Und des heil'gen Bornes gießt er
Auf des Täuflings Stirne lind.

Meine Hände möcht' ich legen
Auf das Kind, ich fremder Mann,
Während längst mein voller Segen
Lind und leis sein Haupt umrann;

Segen, der wie Frühthau's fallen
Dieses Menschenpflänzchen tränkt
Süß und überreich mit Allem,
Was ein Leben Schönes denkt!

Schließt euch wieder, Himmelspforten,
Denn sein Erdenlauf beginnt!
Wandernd fort zu fernen Orten,
Seh' ich nie dich wieder, Kind!

Knab' und Mann wirst du in Jahren,
Ungestalt vielleicht und wild;
Doch ich werd' es nie erfahren,
Ach, ich seh' dich schön und mild!

Hunger wird dein Aug' verwildern,
Armut bringt vielleicht dir Qual!
Ach, in meines Segens Bildern
Sitzest du am Freudenmahl!

Deiner Mutter Pulse stocken,
Dich verräth des Freundes Wort!
Ach, nicht hör' ich jene Glocken,
Und nicht hör' ich jenes Wort!

Und es höhnte dich, dir fluchte,
Die du einzig liebst, o Graus!
Ach, in meinem Sinn doch suchte
Ich die treu'ste Braut dir aus!

Bot'st dein Herz, gequält vom Leben,
Jung dem eignen Schwerte dar!
Ach, ich hab' dir doch gegeben
Gar so schönes weißes Haar!

So vielleicht dem Fluch erlegen,
Der dein Erdenloos gebannt,
Ahnst du's nie, wie einst der Segen
Fromm an deiner Wiege stand;

Wie der Mann aus fremder Ferne,
Betend über dich gebeugt,
Mit des Segens Born dich gerne,
Junges Pflänzchen, großgesäugt.

Bist der schöne Baum mit nichten,
Den er freudig ragen hieß!
Darbst an Blüthen, kargst mit Früchten,
Die er reich dich tragen ließ!

Doch, verarmt an Blüthenschimmer,
Und in Stamm und Mark verdorrt,
Blühst im Herzen mir noch immer
Du dein blühend Leben fort.

Fort Belvedere.

An der Veste Wall und Warten,
Die dich zügeln soll, Florenz,
Lehnt sich deines Fürsten Garten,
Blüthenvoll im sonn'gen Lenz.

Doch des Schlummers süße Schlinge
Hält die Wacht am Wall umfahn,
Rost zerfraß des Kriegers Klinge,
Seiner Flinte fehlt der Hahn.

Tief wohl schläft er; ihn umdüstert
Keine Ahnung der Gefahr.
Hört er's nicht, wie's unten flüstert
Droh'nd aus der Belag'rer Schaar?

Sieht er nicht im Thale blinken
Federbüsche aller Art,
Hundertfarb'ge Fähnlein winken,
Denen, Lenz, dein Heer sich schaart?

Und doch blasen aus den Beeten
Wie ein Janitscharenchor
Tausend blühende Trompeten
Schon zum Sturm, zum Sturm empor!

Und doch schwebt schon ob der Veste
Eine Lerch' als Luftballon,
Die vom Feindesheer die beste
Kundschaft bringt als dein Spion!

Schwert= und Feuerlilie schwingen
Waffen hoch im Zornesmuth,
Jene scharfe breite Klingen,
Diese rothe Luntengluth.

Mit den breiten grünen Tatzen
Haut der Feigenbaum die Wand;
Tausend Blumenknospen platzen,
Wie im Peloton entbrannt!

Bravo! Wie ein Hagelschauer
Schwarzer Flintenkugeln hängt
Rings entlang der Veste Mauer
Traub' an Traube dicht gedrängt!

Goldorangenbomben stecken
Allerwärts im Mauerritz;
Lenz, du führst gar tapfre Recken,
Lenz, du führst gar gut Geschütz!

Legst Spaliere und Stacketen
Als Sturmleitern an den Wall,
In die luft'gen Sprossen treten
Deine blüh'nden Stürmer all!

Ha, Verrath selbst in der Veste!
Helfend reicht am Wallesrand
Eine Rose, froh der Gäste,
Rasch den Klimmern ihre Hand!

Blüthenrank' und Epheu standen
Schon am Walle bei der Wacht',
Die sie knebelten und banden,
Als sie noch zu träumen dacht'.

Solchem Sieg zum Ehrenbogen
Wölbt aus Silbersäulen hell,
Von Demantenstaub umflogen,
Sich des Gartens Springequell.

Deiner Truppen Banner ragen,
Lenz, nun auf den Wellen dort;
Ha, wer wagt's, die zu verjagen?
O wie stark ist solch ein Fort!

Still doch, still! da, dessen Leier
Nie von Schmeichelliedern klang,
Eben eines Fürsten Feier
Unbewußt begeistert sang!

Jenes Fürsten Preis und Ehre,
Deß Palast dort, duftumweht,
Mitten in der Stürmer Heere,
Wie die Burg des Lenzes, steht!

Der Ritt zur Schule.

Am Kloster San Lorenzo
Ein Bauer leise schellt,
Der am verbrämten Zaume
Fest seinen Esel hält.

Das Thier wiegt auf dem Kopfe
Stolz seinen Federschwall,
Als wär's in seinem Volke
Schier Hof= und Feldmarschall.

Es trägt auf seinem Rücken
Den Korb von ries'gem Maß,
Dazu des Bauers Söhnlein
Und Hühnerstall und Faß.

Das Kind steckt in der Kutte
Just nach des Paters Schnitt,
Der aus der Klosterpforte
Gar feierlich jetzt tritt.

So stehn die Zwei beisammen,
Wie Löwenkatz' und Leu,
Wie Eidechslein und Kaiman,
Wie Goldfischlein und Hai.

„Nehmt, Vater, nehmt mein Söhnlein
Mild auf in Lehr' und Zucht."
„„Mein Sohn, sei uns willkommen!
Es findet, wer da sucht!""

„Mein Vater, und wer klopfet,
Dem wird ja aufgethan;
Gern legte sich zu Füßen
Euch dieser Puterhahn."

„„Mein Sohn, es ist die wahre,
Die fromme Furcht des Herrn,
Die in der Nacht des Lebens
Erglänzt als heller Stern.""

„Mein Vater, laßt euch munden
Den Trank aus diesem Faß;
Orvieto's Fluren quollen
Noch nie von süß'rem Naß!"

„„Mein Sohn, 's ist Nächstenliebe,
Die schön das Dasein krönt,
Gleichwie die Rebguirlande
Dein Schollenfeld verschönt.""

„Mein Vater, Artischocken
Und Broccoli, wie die
In diesem Korb zu Schocken,
So schöne saht ihr nie!"

„„Mein Sohn, es ist die Tugend
Der Samen, den wir sä'n;
O mag das Herz der Jugend
Voll ihrer Saaten stehn!""

Auf led'gem Esel trabte
Der Bauersmann davon,
Der Weisheit Lehre labte
Alsbald den zarten Sohn.

Fast hört' er den schon klagen:
„O arge, böse Zeit!
Die Tugend wird gesotten
In Kesseln, groß und weit!

Und, ach, die Nächstenliebe
Verblutet im Kellerverließ!
Die Furcht des Herrn, erdrosselt,
Brät an dem langen Spieß!"

China in Italien.

Hingekauert an der Straßen
Eine Aloe sich dehnt,
Wie ein Knäul von Gliedesmaßen,
Breit, gemächlich hingelehnt.

So im fernen China sitzen
Mag ein feister Mandarin,
Streckend blaute Nägelspitzen
Selbstbehaglich vor sich hin.

Eine Pinie sprießt daneben,
Neigt auf sie ihr buschig Zelt,
Wie sein Sklav' ob Jenem eben
Baldachin und Schirmdach hält.

Hundert Jahre ziehn die Straße!
Und von Sonnenschein welch Meer!
Lenzesblüthen, welche Masse!
Staub und Wandrer, welch ein Heer!

Endlich spürt so seltsam mächtig
Aloe ihr Herz bedrängt,
Bis ein Schaft, gar schlank und prächtig,
Blüthenvoll die Hülle sprengt.

Erste Blüthe, helle, blanke,
Die den kahlen Schaft umlaubt!
Erster blühender Gedanke
Um des Mandarinen Haupt!

Weh, daß einmal nur in Tagen
Des Jahrhunderts blüht dein Gruß!
Wehe, daß, wer dich getragen,
Auch an dir verscheiden muß!

Der gefangene Räuber.

Von Sabinerbergen nieder
Wallt das braune Räuberweib,
Schmiegend ihres Knäbleins Glieder
Sorglich fest an ihren Leib.

Wie sie tritt durch Roma's Pforte,
Glocken, Trommeln und Gebet!
Ist's ein Fest, ist Markt am Orte?
Beides hier gar nahe steht!

Feierklänge von Sankt Peter!
Dudelsack hier schnarrend grell!
Possen reißen heil'ge Väter,
Salbung predigt Pulcinell.

Affen, Charlatane, Springer,
Auf dem Seile Gauklertritt!
Jetzt an fremder Bestien Zwinger
Lenkt das Räuberweib den Schritt.

Ab und auf in wildem Satze
Tobt ein Königstiger hier,
An den Käfig schlägt die Tatze,
Glühend flammt das Aug' dem Thier.

„Mutter, warum sperrt das gute,
Schöne Thier so fest man ein?"
„Kind, weil's durstig lechzt nach Blute,
Weil's unbändig, wild im Frei'n."

Ruhig nebendran im Bauer
Sitzt ein fremdes Täublein zart,
Senkt das Haupt in milder Trauer
Ins Gefieder weißbehaart.

„Mutter, warum schließt dieß gute,
Fromme Vöglein auch man ein?
Dieses lechzt doch nicht nach Blute?"
„Kind, weil's trägt zwei Flügelein." --

Kapitols Steintreppen stiegen
Sie empor im Menschenstrom,
Wo gesehn nach Kränzen fliegen
Seine alte Kraft einst Rom!

Wo es jetzt auch seine echte,
Ungeschwächte, rauhe Kraft,
Doch gefahn, in Kerkernächte,
Seine Räuber, hingeschafft!

Seht dort der Gefangnen Einen
Rasch, am Fenster, pfeilgeschwind!
Zu ihm hebt das Weib den Kleinen:
„Siehe deinen Vater, Kind!"

Auf das Kind durch Eisenstangen
Blickt der Mann so blaß und mild,
Herzt es lachend, ob die Wangen
Thränenfluth auch überquillt;

Ueberdeckt ihm ganz mit Küssen
Zärtlich Wang' und Aengelein;
Und das Kind hat denken müssen
Jener Taube, fromm und rein.

Nun sie Lebewohl ihm sagen,
Sträubt sein Haar sich auf in Wuth,
Seine Fäust' ans Gitter schlagen,
Und sein Auge rollt in Gluth!

Doch die Mutter fest umfangend,
Flieht das Kind dieß grause Bild;
Und gedenken muß es bangend
Jenes Königstigers wild.

Tasso's Cypressen.

Wo bei Cypressen hingesunken
Ich raste, schauend in den Schooß
Der ew'gen Roma, wehmuthtrunken
Vom Glöcklein San Onofrio's;

Hier saß einst Tasso. Der Cypressen
Stand eine nur, sonst war's wie jetzt;
Ob mancher Stein hinsank indessen,
Nur Thau war's, der dieß Meer genetzt!

Wohl rauschte die Cypreß' am Hügel
Ihm die Cypreß' im Herzen wach,
Daß, brechend seines Schweigens Siegel,
Der kranke Dichter zu sich sprach:

„O Menschenleben, Hauch im Winde,
Dich überdauert Stein und Thier!
Fortlebt der Vater doch im Kinde,
Mein Lied, mein Kind, lebt' ich in dir!

Komm, Rab' am Baum dort, dem zu Liebe
Enterbt ich um manch Jährlein war,
Daß ich mein Lied dich plappern übe,
So tönt's wohl noch ein hundert Jahr!

11*

Dir, weißer Zauberhirsch, durchsausend
Den Apennin, schrieb' ich's mit Gold
Ins Halsband gern, daß ein Jahrtausend
Mit dir es noch die Welt durchrollt!

Dir, Stein am Wege, wollt ich's schlagen
In deine kalte Menschenbrust,
Daß du es tausend Jahre tragen
Und aber tausend Jahre mußt!

Was ficht mich an? Wo sind die Thaten,
Daß ich zu ragen bin gewillt,
Dem Baume gleich, hoch über Saaten,
Dem Thurm, hoch überm Stadtgefild'?

Dem Baum, wie mir, gibt Recht zu ragen
Furcht, Vogelsang und Blüthenscherz!
Dem Thurm, wie mir, gibt Recht zu ragen
Sein tönend heilig Glockenherz!

Doch soll mein Lied hier stehn in Steinen,
Wo Lieder nicht, nein, Ruhm und That
Und der Jahrtausend' Jauchzen, Weinen
In Trümmern ruht, versteinte Saat?

Wo der Campagna Wüst' ich sehe
Und mich's kein Wunder mehr bedünkt,
Daß beim Anschaun von solchem Wehe
Dem Pflügerarm der Pflug entsinkt?

Wo du selbst brachst, in Staub zerfallen,
Marmorgewordner Gott, entzwei!
Wo aus des Forums Trümmern allen
Noch ragen Tempelsäulen drei;

Furchtbar, drei Fingern gleich, erhoben
Zum Schwur einst der Beständigkeit,
Doch die verdorrt noch ragen oben,
Weil sie beschworen falschen Eid!

Wo, zwar vom Siegesglanz umflossen,
Hoch von der Burg San Angelo's
Der Engel zückt, in Erz gegossen,
Das Flammenschwert noch, blank und bloß;

Indeß das Blitzesschwert am Berge
Dem größern Seraph: Sturm aufloht,
Der fern schon diesem Engelzwerge
Aus schwarzer Wolkentoga droht!

Wo noch am Weltdom in verklärter
Triumphesgluth das Kreuzbild ragt:
Der Regen küßt es, — doch verzehrt er!
Die Sonne güldet's — doch sie nagt!

Ha, lästert nicht dieß Kreuz mein Sprechen?
Nicht lästert, der es peitscht, der Wind,
Nicht lästert Blitz, der's einst wird brechen,
Da doch allbeide Gottes sind!

Ich aber glaub', ein Fels im Fallen
Er fühlt so süß, wie als er ward!
Es träumt der Baum im Niederwallen
So süß, wie er da sproßte zart.

Fahr' hin, mein Lied, erstirb in Tönen
Und flattre fröhlich trümmerwärts!
Preis dir, Natur, der ew'gen schönen!
Dir schreib ich liebend mich ins Herz!"

Und dort von dem Cypressenbaume
Pflückt er der zarten Zweiglein acht,
Pflanzt sie in Reih' am Hügelsaume,
Ist sie zu warten sorgbedacht.

Da stehn als lust'ge, grüne Stanze
Achtzeilig sie, wie ihm sie klang,
Und säuselten im Windestanze
Ins Herz mir diesen Wehmuthsang.

Die erste Palme.

Dort ein Palmbaum auf der Höhe
Aus dem Klostergarten ragt;
Erste Palme, die ich sehe,
Bringst du mir den Ost, der tagt?

Lustig schwankt wie Pfaugefieder
Ihre Kron' am schlanken Schaft
Ueberm Rauschen laub'ger Brüder,
Stumm, durchsichtig, geisterhaft.

In dem Grase schläft am Baume
Ein Novize, jung und schön;
Hat gelispelt seinem Traume
Ostens Wonne aus den Höhn?

Denn er sieht in üpp'gem Kleide
Sich in Sammt und Golde nun
Auf den Kissen weicher Seide
Fern in einem Garten ruhn.

Blumen, ries'ge, wunderbare,
Gaukeln, duften, sprühn um ihn;
Liebliche Gazellenpaare
Durch die fernen Büsche ziehn.

Wundersame Vögel singen
Rings so schön, doch unsichtbar;
Plätschernde Fontainen springen
Aus den Marmorbecken klar.

In dem Wellenglanz sich spiegelt
Sein Palast in gold'ner Zier;
Rosenbüsche sind geflügelt
Paradiesesvögel hier.

Durch der Palmen Säulenhallen,
Schlank sich streckend kuppelan,
Stumm in weh'nden Schleiern wallen
Schöne Frauen stolz heran.

Und die weißen Schleier sinken!
Ach, der Augen Flammenschein!
Sultanlaunisch will er winken,
Denn sie sind ja alle sein!

Horch, Geschrei von allen Seiten,
Heulen, Jammern ihn erschreckt!
Ach, des Klosters Vesperläuten
Schrillen Tons hat ihn geweckt!

Ei getrost! Zum Chor ist's eben
Vom Harem nicht allzuweit!
Mönch und Sultan, beide leben
In bequemem Faltenkleid!

Und noch blickt dein Osten nieder,
Deine Palm', am schlanken Schaft
Schwankend leis wie Pfaugefieder,
Stumm, durchsichtig, geisterhaft.

In den pontinischen Sümpfen.

Feldgrüne, Meeresbläue, Himmelshelle,
Mir sonst so lieb, wie grinst ihr hier mich an!
Blau ist das Meer, doch trägt die ruh'nde Welle
Kein Segel, keinen Nachen, keinen Schwan.

Hell ist die Luft, doch eine Glanzeswüste,
Durch die kein Vogel singt, kein Wölkchen schwebt;
Grün ist das Feld, doch Moor, bis fern zur Küste,
Draus sich kein Haus, kein Baum, kein Strauch erhebt.

Und nur ein Streif von weißem Nebelrauche
Kriecht durch die Mooresöde, lang und weit,
Als wälzte fraßesmatt, träg auf dem Bauche
Dahin die Schlange sich der Ewigkeit.

Sieh, mählich aus dem schwanken Dunstkolosse
Entringt sich Form und Bild im Sonnenstrahl,
Er wird zum leuchtenden kristallnen Schlosse
Mit blankem Silberdach und hohem Saal.

Auf diamant'nem Thron saß siegestrunken
Der König, — ach, wie hieß er doch? — sein Haupt
War an die Brust der Königin gesunken,
Vom Kranz war's der Unsterblichkeit umlaubt.

Am Throne links rührt' eine goldne Leier
Ein Dichter süß, — wie hieß er doch? — der sang:
„Unsterblich ist dein Lieben! ihm zur Feier,
Fürst, gibt ja mein unsterblich Lied den Klang!"

Am Throne rechts, da saß ein weiser Seher,
— Wie hieß er doch? — der schrieb's in Marmor ein:
„Unsterblich ist dein Sieg! Es müßte eher
Ja mein unsterblich Wort verklungen sein!"

Ein Volk, — wie hieß es doch? -- das pries unsterblich
Den Sänger, Seher und das Fürstenpaar:
„Ein Volk, an Glück und Ehren unverderblich
Hebt auf dem Schild euch zu den Göttern dar!"

Als so den Trank Unsterblichkeit sie tranken
In vollem Zug, faßt Trunkenheit sie all',
Des Königs Kron', des Dichters Harfe wanken
Des Weisen Marmor, Volk und Schloß und Wall!

Wo flieh' ich hin, daß nicht kristall'ne Thore,
Demant'ne Säulen stürzen auf mich ein? — —
Ei, sieh um dich! Im weiten grünen Moore,
Am Strand des Meers, stehst du ja ganz allein!

Und nur ein Streif von weißem Nebelrauche
Kriecht durch die Mooresöde, lang und weit,
Als wälzte fraßesmatt, träg auf dem Bauche
Dahin die Schlange sich der Ewigkeit.

--

Mola di Gaeta.

Wenn ich zur See ein Schiffer wäre,
Vorbei dieß Ufer könnt' ich nie;
Je hell're Luft, je still're Meere,
So sich'rer litt ich Schiffbruch hie!

Willst du, o Herr, nicht, daß ich strande,
Thürm' auf im Sturm den Wogenschwall,
Verhüll' in Nebel diese Lande,
Gürt' ums Gestad' der Brandung Wall!

Denn dieser Sturm von Sonnenlüften,
Von Blüthengluth und Lorbeernacht,
Von Schmeichelwinden, Frühlingsdüften
Ist's, der mich hier noch scheitern macht!

Viel tausend Blumenfesseln schwingt es
Von jenen Bergen her nach mir,
In Lüften rauscht's, aus Büschen singt es:
O bleibe hier, o bleibe hier!

Maid vom Gebirge, deine Augen,
Leitsterne, dran mein Blick gebannt,
Sie mochten dießmal eben taugen,
Mein Schiff zu locken auf den Strand!

Weh, von den glühenden Granaten
Geschossen wird es in den Grund!
Geentert wird es von Piraten,
Den Blüthenranken, kriegrisch bunt.

Sie springen an des Bord's Altane
Und klettern rings empor in Hast,
Die Rose, deine Flaggenfahne,
Zu pflanzen auf Kastell und Mast.

O laß mich ruhn vor deiner Schwelle,
Und schaun aufs weite Meergebiet
Und in dein Aug', das liebe, helle,
Und singen laut mein Schifferlied,

Daß deine Berg' empor es brandet,
Als schlüge drüber Wogenklang!
Wohl hat noch Keiner, der gestrandet,
Gestimmt so fröhlichen Gesang.

Zwei Poeten.

Was des Volks voll Ohrenweide
Auf Neapels Molo steht,
Um den Mann im Narrenkleide,
Himmelwärts sein Aug' verdreht!

Wie aus der Tritonen Schlunde
Dort am Marktplatz Well' auf Well',
Sprudelt aus verzerrtem Munde
Plätschernd ihm der Verse Quell;

Und wie Brunneneimer fangen
Deine Söhne, Lazarus,
Seine Ritter, Zaubrer, Schlangen,
Feen und Drachen vollen Guß!

Doch mein Herz, fast will's ihn neiden,
Grüßt ihn Bruder in Apoll!
Ist's Ein Quell nicht, der in Beiden,
Nur verschiedne Bahnen quoll?

Wie die Schönheit seiner Glieder
Durch die Lumpen des Gewands,
So durch Fetzen seiner Lieder
Leuchtet hell des Gottes Glanz.

Während auf dem Polſterthrone
Seines Munds Hanswurſt ſich dehnt,
Und als echter Lazarone
Maccaronenſold erſehnt;

Seh' ich um die Stirn' ihm rinnen
Jovis Wetterleuchten bald,
Seine Blick' als Adler minnen
Mit dem ſchönſten Lorbeerwald.

Voll von Helden, Wundern, Sagen
Sieht er rings die weiße See
Gleich dem Buche aufgeſchlagen
Einer Rieſenepopee.

Und des Golfs Geſtade dehnen
Blüthenvoll ſich um die Fluth
Wie ein Kranz, der, es zu krönen,
Auf dem Buch des Meiſters ruht.

Der Veſuv dort ſcheint ein Dichter,
Ganz von Chriſti Thrän' erglüht,
Dem aus trunknem Mund ein lichter
Flammendithyrambus ſprüht!

Lieder, Bilder, Reim' umklingen
Um und um dich, mein Poet,
Brauchſt vom Blatt nur abzuſingen,
Was ſchon rings geſchrieben ſteht.

Jedes ſpröden Reimes Hallen
Macht des Meeres Rauſchen gut:
Doch auch Perlen, dir entfallen,
Schnell verſchlingt ſie, ach, die Fluth!

Lauschend hält dich Volk umfangen,
Elend in dem hohlen Blick,
Hungers Furchen in den Wangen,
Last der Knechtschaft im Genick.

Um jed' Antlitz um die Wette
Breitet Lächeln jetzt sich aus,
Das aus seinem Furchenbette
Selbst den Hunger wirft hinaus!

O wie gut dieß heil'ge Lächeln
Dem zerlumpten Bettler steht,
Wie vom Mast der Flagge Fächeln
Das zerschellte Wrack umweht!

Wie von blitzzerspellten Bäumen
Noch ein grünes Zweiglein bebt;
Wie ob schwarzen Brandesräumen
Eine Schwalbe gastlich schwebt!

Wie ein spielend Kind am Rücken
Einer schlummernden Hyän',
Traun, daß fast ich zu erblicken,
Orpheus, deine Wunder wähn'!

Sinnend senkt mein Aug' sich nieder,
Mich berührt des Gottes Hauch!
Feiert je ihr, meine Lieder,
Solchen Sangtriumph wohl auch?

Wenn ich's je bedauern lerne,
Daß kein eigner Kranz mich schmückt,
Ist es dann, wenn ich ihn gerne
Auf ein würd'ger Haupt gedrückt.

Lied und Leben.

Zwei Harfen.

urch der Seele Tiefen klingend
Weht in mir ein Harfenpaar,
Brausend tönt das Spiel der einen,
Das der andern sanft und klar;
Zwei der Kräfte, die sich hassen,
Geben ihnen Klang und Laut,
In den Saiten wettert diese,
Jene küßt sie leis' und traut.

Wie von Fels auf Felsbett stürzend
Wild der Katarakt erdröhnt,
Wie, wenn Donnerkeile rasen,
Dumpf es durch die Bergschlucht stöhnt,
Wie der Sturz der fessellosen
Schneelavin' im Thal verhallt,
Also auch die eine Harfe
Mir im Busen dröhnend schallt.

12*

Doch wie über Rosenhaine
Zefir haucht den Morgenkuß,
Wie aus fernen, fernen Welten
Der Geliebten leiser Gruß,
Wie bei Nacht sich's still harmonisch
In Cypressenwipfeln regt,
Tönt der andern Harfe Lispeln,
Zart von milder Kraft bewegt.

Hätte doch die beiden Kräfte
Gleiches Streben hold vereint!
Unbesiegbar, unversöhnbar
Bleiben sie sich ewig feind;
Bis die letzte Sait' in Trümmer,
Jede Harf' in Staub zerbricht,
Dann befeinden sie sich nimmer,
Aber, ach — sie tönen nicht!

Der letzte Dichter.

„Wann werdet ihr, Poeten,
Des Dichtens einmal müd'?
Wann wird einst ausgesungen
Das alte, ew'ge Lied?

Ist nicht schon längst zur Neige
Des Ueberflusses Horn?
Gepflückt nicht jede Blume,
Erschöpft nicht jeder Born?"

So lang der Sonnenwagen
Im Azurgleis noch zieht,
Und nur Ein Menschenantlitz
Zu ihm empor noch sieht;

So lang der Himmel Stürme
Und Donnerkeile hegt,
Und bang vor ihrem Grimme
Ein Herz noch zitternd schlägt;

So lang nach Ungewittern
Ein Regenbogen sprüht,
Ein Busen noch dem Frieden
Und der Versöhnung glüht;

So lang die Nacht den Aether
Mit Sternensaat besät,
Und noch Ein Mensch die Züge
Der goldnen Schrift versteht;

So lang der Mond noch leuchtet,
Ein Herz noch sehnt und fühlt;
So lang der Wald noch rauschet
Und einen Müden kühlt;

So lang noch Lenze grünen
Und Rosenlauben blühn,
So lang noch Wangen lächeln
Und Augen Freude sprühn;

So lang noch Gräber trauern
Mit den Cypressen dran,
So lang Ein Aug' noch weinen,
Ein Herz noch brechen kann:

So lange wallt auf Erden
Die Göttin Poesie,
Und mit ihr wandelt jubelnd
Wem sie die Weihe lieh.

Und singend einst und jubelnd
Durchs alte Erdenhaus
Zieht als der letzte Dichter
Der letzte Mensch hinaus. —

Noch hält der Herr in Händen
Die Schöpfung, ungeknickt
Wie eine frische Blume,
Auf die er lächelnd blickt.

Wenn diese Riesenblume
Dereinstens abgeblüht
Und Erden, Sonnenbälle
Als Blüthenstaub versprüht:

Erst dann fragt, wenn zu fragen
Die Lust euch noch nicht mied,
Ob endlich ausgesungen
Das alte, ew'ge Lied?

Kunstberuf.

Warnend sprechen Muselmanen:
Maler, malt kein Menschenbild,
Da in ihm, eh' ihr's mögt ahnen,
Plötzlich Seel' und Leben quillt!

Weh, als unberuf'ne Väter
Klagt einst das Gebild euch an;
Mördern gleich, als Missethäter,
Steht vor Allahs Thron ihr dann!

Anders mag der Spruch auch klingen:
Dichter, schaffet kein Gebild,
Dem ihr Seele nicht könnt bringen,
Das nicht ganz von Leben quillt!

Weh, als unberuf'ne Väter
Klagt einst das Gebild euch an,
Und ihr steht als Uebelthäter
Vor dem Thron der Muse dann!

Drum laß nie die Ros' entschweben
Aus des Nichtseins stiller Gruft,
Kannst du ihrem Kelch nicht geben
Seine Seele: Gluth und Duft!

Soll sich Nachtigall aufschwingen,
Frag' erst: ob dein Hauch vermag
Ihre Kehle zu durchdringen
Ganz mit Nachtigallenschlag?

Banne zu der Himmel Wonne
Einen neuen Stern uns nicht,
Kann ihn nicht dein Herz als Sonne
Füllen ganz mit Sternenlicht!

Einem Freunde.

1.

Glücklicher, dir ward gegeben
Gar ein schöner großer Schmerz,
Für dein ganzes reiches Leben,
Für dein ganzes volles Herz!

Eine Sonnenblume deuten
Möcht' ich deinen tiefen Schmerz,
Die, all deine Tageszeiten
Grüßend, kreiset um dein Herz.

Wär's nur Unkraut kleiner Schmerzen,
Unmuths dürftig Dornenreis,
Spräch' ich: Reiß' es aus dem Herzen,
Gib es allen Winden preis!

Spräche: Laß es nicht umstricken
Wuchernd deinen Lebenspfad,
Laß das Schlingkraut nicht erdrücken
Deine junge Rosensaat!

Doch es ward im Gartenraume,
Welchen sonst du nennst dein Herz,
Wohl zum höchsten grünen Baume
Dieser heil'ge große Schmerz;

Eine Palme, der Gehege
Deines Gartens Kron' und Preis,
Und zu der sich alle Wege
Schlängeln schön zurück im Kreis!

Die ihr Haupt hoch in den Himmel,
Wurzeln tief zur Erde kehrt,
Daß du zweifelst, ob dem Himmel,
Ob der Erde sie gehört?

Hingestellt so zwischen beide
Als die schönste Mittlerin,
Wächst sie aus der Blumenheide
Wipfelnd in die Sterne hin.

Laß kein Blättlein ihr entwenden
Durch der Lüfte Schmeichelspiel!
Laß unheil'ge Hand nicht schänden
Ihres Stammes schlanken Kiel!

Halte fern die Epheuranken,
Welche Menschentrost drum schwellt,
Die den Baum nicht machen wanken,
Doch durch die sein Schaft entstellt!

Nicht bedarf's, ihn zu begießen,
Deiner Thränen köstlich Naß;
Früh- und Abendthaue fließen
Ja auf ihn ohn' Unterlaß.

Aus den stillen grünen Matten
Rag' er schweigend, hoch, allein!
Einst in seinem Abendschatten
Wird ein süßer Schlummer sein.

———

2.

Einst an jenem großen Tage,
Wenn wir treten allzumal
An des Ew'gen Hofgelage
In den offnen Himmelssaal:

Da wird bang manch Herz erzittern,
Scheu gesenkt sein manch ein Blick;
Doch dein Herz, das wird nicht zittern
Und nicht senken sich dein Blick.

Und dein Fuß, er wird nicht wanken,
Schreiten wirst du fest und grad,
Nicht wie Einer, der zu danken,
Nein, wie der zu fordern naht!

Wie im Fürstensaal der Arme
Stolzen Auges rings erblickt,
Daß mit seinem Schweiß und Harme
Sich die Majestät hier schmückt!

Wenn du zu des Ew'gen Füßen
Einen Blumenozean
Siehst in Farbenwogen sprießen,
Rufst du frei und kühn hinan:

„Herr, von diesen Rosen eine
War schon einst als Knospe mein!
Arm ward ich, seit sie die deine,
Du nicht reicher, seit sie dein!"

Eine Glorie siehst du wallen,
Die das Haupt des Ew'gen kränzt,
Aus den Morgenröthen allen,
Die der Erde je geglänzt.

Ohne Scheu wirst du nun fragen:
„Herr, vom Lichtkranz, der dich ziert,
Hätte meinen Erdentagen
Nicht wohl auch ein Strahl gebührt?"

Harfen schlagen Engelchöre
Um des Allgewalt'gen Thron,
Und du rufst mit einer Zähre,
Furchtlos, doch im Schmerzenton:

„Herr, es war zum Erdgeleite
Einer dieser Engel mein!
Du nahmst mir ihn von der Seite, —
Hergewankt bin ich allein!"

Goethe's Heimgang.

Süß mag das Aug' des Sterbenden sich schließen,
Der Freundesthränen auf der Stirne fühlt,
Die drauf wie eine Todestaufe fließen,
Daß sich der bange Schweiß des Sterbens kühlt.

Doch Götterloos ist's, unbeweint zu scheiden,
Wenn man der Thränen und der Trauer werth!
Wozu soll eine Seele um sie leiden,
Wenn die Vollendung zu den Sternen fährt?

Ja, Götterloos ist's, unbeweint zu scheiden,
Zu scheiden wie der Tag im Abendroth.
Er gab uns Wärme, Licht genug und Freuden,
Und zieht dahin, weil seine Zeit gebot!

Zu fallen wie ein Feld voll goldner Aehren,
Die schlank gewallt im grünen Jugendkleid,
Doch nun ihr lastend Haupt zur Erde kehren.
Wer weint darob, daß es nun Erntezeit?

In Nacht zu sinken wie des Meeres Wogen,
Drauf Sonnenglanz, Goldwimpel, reiche Fracht,
Gesang und Schwäne tagesüber zogen —
Die Zeit ist um, ihr Recht will auch die Nacht!

Und zu zerstäuben wie die flücht'ge Wolke!
Sie hat Gedeihn geregnet auf die Flur,
Den Friedensbogen hell gezeigt dem Volke,
Und löst sich nun in leuchtenden Azur.

So schied auch Er, der nun dahingegangen,
Der hohe Mann, der kräft'ge Dichtergreis,
Auf dessen Lipp', auf dessen bleichen Wangen
Der Kuß des Glücks noch jetzt verglühet leis.

Ein kalter starrer Arm, reglos gebenget,
In dem die goldne Leier lichtvoll blitzt;
Ein greises Silberhaupt, im Tod geneiget,
Drauf immergrün der frische Lorbeer sitzt!

Sah dieß mein Aug', nie konnt' es Thränen thauen!
Nein, stillbefriedigt, ruhig, glanzerhellt
Mußt' unabwendbar drauf es niederschauen, —
Fürwahr, durch eine Thräne wär's entstellt!

Winterabend.

Eisblumen, starr, kristallen an den Scheiben,
Wie ein Gehege vor der Sturmnacht Tosen,
Sie flüstern mir, indeß sie Flimmer stänben:
Wir sind die Geister schöner Frühlingsrosen!

Schneeflocken wirbeln hin mit weißem Glanze!
Es pochen leis' ans Fenster die versprühten,
Mir lispelnd flüchtig im Vorübertanze:
Wir sind die Geister duft'ger Frühlingsblüthen!

Gefühle steigen auf in meiner Seele,
Wie beim Verklingen ferner Sterbeglocken,
Die bange Wehmuthseufzer meiner Kehle
Und reiche Thränen meinem Aug' entlocken;

Sie aber singen sanft mir ins Gemüthe:
Wir sind die sel'gen Geister deiner Lieben,
Mit denen du durchwallt des Frühlings Blüthe,
Auf deren Grab nun diese Flocken stieben!

Aus Gastein.

Erste Nacht.

Es wäre Schlafenszeit; — doch das ist schlimm,
Nicht schlafen läßt mich hier der Ache Grimm,
Grad' unterm Fenster schlägt ihr Katarakt
Auf Felsenpulte dröhnend seinen Takt!
Musik zur Unzeit! Was zu thun da sei?
Zu horchen wach der Räthselmelodei: —
Einförmig tost's und doch so wechselvoll,
Wie Harfen jetzt, und jetzt wie Donnergroll!
Ist's Wagenrasseln, das die Stadt durchrollt?
Ist's Mühlgestampf, das täglich Brod dir zollt?
Sind's Eisenhämmer, schmiedend Waffenerz?
Ist's Orgelton jetzt, der dir schmilzt das Herz?
Nun Posthornklang, der dich zur Ferne reißt!
Nun Waldesrauschen, das dich bleiben heißt!
Nun Glockenschall, der fromm die Gläub'gen ruft!
Nun Trauermarsch, geleitend in die Gruft! —
Dem Leben gleich! Und Alles Staub und Schaum!
Doch sang's dich unbewußt in Schlaf und Traum.

Der Heilquell im Wasserfall.

Du Geist der Ungeduld, mein Foltergeist,
Der mich zur schleun'gen Flucht kopfüber reißt,
Wenn auf die Wahlstatt des Salons zur Schlacht
Die Großmacht Langeweil' ihr Heer gebracht,
Und mich des Wörterschwalles Katarakt
Wie Wassersturz und Strudel wirbelnd packt,
Mit mir zur Felsschlucht komm, unholder Gast,
Sieh hin, dann hebe dich von mir in Hast!
Auch hier ein wasserreicher Katarakt,
Der, niedertosend, mich mit Schwindel packt
Und sinnbetäubend braust und dröhnt und zischt!
Doch unterm Fluthgebraus schleicht unvermischt
Im eh'rnen Rohr ein Heilquell warm und mild,
Uns sichtbar kaum, der Schmerz und Leiden stillt
Der sieche Leiber fromm zu kräft'gen eilt
Und jetzt, ein Seelenarzt, mein Herz geheilt.
Ich ahn' es, traun, im Wortgesprudelstrom
Fließt dort auch manch ein Heilborn einsam fromm,
Manch Wort, das welke Herzen wieder jüngt,
Manch Wort, das müde Seelen frei beschwingt,
Manch Wort heilkräft'gen Geists, liebvoller Huld:
O lehre finden mich's, Geist der Geduld!

Fernsicht.

Tritt ruhmbekrönten Größen nicht zu nah!
Sie sind den Alpen gleich, die vor uns stehn,
Am schönsten, größten, wenn von fern gesehn,
Im blauen Duft, in ihrem fernen Ruhme!
Der Formen Schönheit, die dich fern entzückt,
Löst sich in rauhe Massen, wirr zerstückt,
Wenn forschend du genaht dem Heiligthume;
Der Duftschmelz wird Gestein, das wund dich ritzt,
Und wird Gedörn, das Rock und Ferse schlitzt.
Das Auge des Geweihten nur erspäht
In dunkler Kluft die schöne Alpenblume;
Nur wer der Geister Liebling, den umweht,
Entschleiernd sich, des Berggeists Majestät.

——— — —— ·

Ungleicher Kampf.

Gigante du, willst mit dem Zwerg du ringen?
Dir ist es Schmach, den Schwächling zu bezwingen,
Ihm ist es Ruhm, von deiner Hand zu fallen!
Auf grünem Alpensitz jüngst dacht' ich deiner:
Zur Sonne flog der Königsadler einer
Ein blökend Hammelthier in seinen Krallen.
O Aar, dir läßt's nicht gut, am Schmutzvließ zerren,
Und Schmachtrophä'n sind dir des Hammels Flocken!
Doch er, gewohnt auf niedrer Trift zu plärren,
Scheint selbst in deinen Krallen zu frohlocken,
Daß er durch dich nun lernt den Flug nach oben,
Daß er mit dir zur Wolkenhöh' erhoben!

13*

Einem Gesunden:

Du schiedest, sanft verklang des Posthorns Schall,
Lang wiederholt von Fels und Wasserfall;
Mir aber schien's des alten Berggeists Sang,
Der liebevoll dir nach zur Ferne klang:

„So lebe wohl denn, du mein liebster Gast,
Der, was ich bieten kann, du selbst schon hast!
Nicht lieb' ich sieche Bettler, die nur flehn,
Doch Männer, die als Gleiche vor mir stehn.
Erhaben sind, wie meiner Felsen Firn,
Die Lichtgedanken einer Mannesstirn;
Wie Blumenpracht im Alpenthal mir blüht,
So wogt und glüht Gefühl dir im Gemüth;
Und wie mein Busen birgt manch gülden Erz,
So hegt manch Goldkorn tief und still dein Herz;
Wie sich mein Katarakt durch Felsen schlägt,
Wallt frei dein Manneswort, trifft und bewegt;
Und wie mein Heilquell welke Blumen hebt,
Hat deine Huld manch trauernd Herz belebt. —
Der so gesund an Seel' und Körper ist,
Nichts kann ich bieten dir; bleib', wie du bist!
Aufrecht und grad' wie meiner Tannen Schaft,
Behend wie meiner Gemsen Federkraft!
Das Schneehaupt selbst, wie meiner Gletscher Eis,
Ist dir nicht Last, nein, Schmuck und Ehrenpreis!
Ein ganzer Mann, dem meine Alpenwelt
Den Spiegel eigner Größ' entgegenhält!"

Zeitklänge.

1836—1838.

Bundeslied.

Nicht mit Spießen, Mörsern, Stangen
Ziehn wir in den heil'gen Streit;
Mag nach solchen Waffen langen,
Wer nicht beßre hält bereit!

Nicht ist in der Burg von Steine
Uns verschanzt der Heeresbann,
Nein, im Busen drin die seine
Schirmt wohl auch der einz'le Mann.

Dem sorglosen Feind beim Becher
Senden wir nicht Dolch und Gift;
Sonnenstrahl ist unser Rächer,
Weh, wen der ins Herz nicht trifft!

Nicht ein Streit um Landesmarken
Und um irdisch Gut und Blut,
Nein, uns macht zum Kampf erstarken
Ein unsterblich, göttlich Gut!

In dem dunklen Bauch der Berge
Suchet unser Zeughaus nicht,
Denn nicht sind Kobold' und Zwerge
Lehrer uns in Recht und Pflicht.

Klimmt zu höchsten Bergesspitzen,
Dann vor euch im Sonnenstrahl
Seht ihr golden, silbern blitzen
Unser großes Arsenal.

Lichteswaffen, die kein Meister
Ird'scher Zunft euch schmieden darf,
Und womit der Herr der Geister
Einst die sünd'gen Engel warf;

Bundsgenossen, die entraffen
Uns kein Kerker mag, kein Schwert!
Fielen wir, stehn sie in Waffen
Unserm Recht noch, unversehrt.

Unsre Losung, hört sie schallen
Leis und laut im Lüftezug!
Vorwärts! rauscht der Strom im Wallen,
Vorwärts! dröhnt die Wolk' im Flug.

Der Gedanke, der uns bündet,
Siegreich schwebt er ob dem All,
Dort als Nordens Licht entzündet,
Hier im Bergschacht als Kristall.

Aus des Vogels Kehle drängt er
Sich als Lied im Lüfteraum,
Und verwandelt wieder hängt er
Dort als Blüthenreis am Baum.

Wie ein süß Geheimniß spendet
Flüsternd ihn der Wiesenbach,
Doch als Donnerpredigt sendet
Ihn der Kataraft euch nach.

Ja der Blitz selbst, nachtentsprungen,
Wenn er durch die Wolken bricht,
Stottert nach mit trunknen Zungen
Gottes Wort: Es werde Licht!

Apostasie.

Hie Welf! Hie Waiblinger! Laß sehn!
Nur schwanke nicht hin und her!
Du kannst, ein Ehrenmann, auch stehn
Gegenüber im Feindesheer.

Magst Bär im Geklüft, magst Falk' im Licht,
Nur Fledermaus nicht sein;
Sei Palme oder Eiche, nur nicht
Das Schlingkraut zwischen den Zwei'n!

Ob Wahn, ob Wahrheit dein Panier!
Wer löst's, wem glaube dein Herz?
Am Feuer der Treue läut're dir
Zu Gold unechtes Erz!

Wer trommelnd, trompetend mit uns geht,
Der bessere Held ist's nicht,
Doch der, so fest zur Fahne steht,
Wenn er kein Wort auch spricht.

Doch schmäht nicht den Mann, der, drüben itzt,
Bei unsrer Fahn' einst stund!
Sein Blut, schon einst für uns verspritzt,
Ein Siegel ist's meinem Mund.

Ich sah auch Locken, braun und lang,
Zu dünnem Schnee verwehn,
Manch nervigen Arm, der das Schwert einst schwang,
Betkügelchen zitternd drehn.

Ich sah's, wie Fieber des Weisen Wort
In Unsinns Gräuel zerbrach,
Ich hörte den Thoren im Irrsinn dort,
Der Perlen der Weisheit sprach.

Ich sah den Raufbold friedlich gemacht,
Verwittert der Jugend Roth,
Den Schwätzer zu ewigem Schweigen gebracht!
Wer kann für Krankheit und Tod?

Will's Gott, so lang ich gesund, erspäht
Bei diesen Fahnen ihr mich!
Wahr's Gott, wenn ihr je mich drüben säht,
Dann krank oder todt wär' ich.

Denkt mein wie eines Todten dann;
Es mag wohl bitter sein,
Vorbeizugehn als lebend'ger Mann
Am eignen Leichenstein.

Schiller's Standbild.

Ins Schiller=Album.

Lodert, ihr deutschen
Herzen in Flammen!
Schlaget zu Einem
Brande zusammen!

Daß sich das Erze
formend belebe!
Daß sich des Dichters
Bild draus erhebe!

Riesig und glänzend
Tönend soll's ragen,
Memnon Germania's,
Da es will tagen!

Doch auch zu tönen
Soll es bedacht sein,
Bräch' einst in Deutschlands
Herzen die Nacht ein!

Dann in der Zwietracht
Düsteren Tagen
Weit soll es dröhnen,
Laut soll es sagen:

Lodert, ihr deutschen
Herzen in Flammen!
Schlaget zu Einem
Brande zusammen!

Ein Held.

Im Lippenrosenbett geboren
Ward uns das freie Wort, ein Held;
Wer sieht's dem Weichling an, erkoren
Sei er zu herrschen ob der Welt?

Wie lang, daß festen Tritt er lerne,
Ist er ans Gängelband verdammt,
Bis ihn, gediehn zu Mark und Kerne,
Des Gottes Funke ganz durchflammt.

In Kindesunschuld würgt er spielend
Alciden gleich der Schlangen Schwall,
Vom Firmamente holt ihm zielend
Manch schönen Stern sein Kinderball.

Am Haupt den Kranz von Blüthenflocken,
Der Glieder Bau so schön geschwellt,
Weiß er als Jüngling süß zu locken
Die Liebe, wie es ihm gefällt.

Gereift zum Manne tritt an Throne,
In Erz gerüstet, fordernd er,
Da springt entzwei manch eine Krone,
Da flammt manch andre doppelt hehr.

Nun tritt er euch als Greis entgegen
Am Dom im Hohenpriesterkleid,
Vom Himmel läßt er strömen Segen,
Es kniet das Volk, die Saat gedeiht!

Er liebt's, zu schweifen durch die Lande,
Sich zaubernd vielerlei Gestalt,
Als Prasser bald im Prachtgewande,
Als Bettler nackt und dürftig bald.

Nicht schmeichelt er den Staubessöhnen,
Sie sandten Schergen, ihn zu fahn,
Da hörten sie aus Wolken dröhnen
Den Ruf: Ihr sollt ihn lassen stahn!

Wartburg.

Dich, ernste Wartburg, möcht' ich grüßen
Als Frühlings Burg zu aller Frist,
Da deutschen Lenz treu zu umschließen
Freistätt' und Liebeshort du bist!

In dichter Wälder dunklem Rahmen
Wahrst du ein lichtes Frühlingsbild,
Daß Allen, die zu dir je kamen,
Lenzahnung süß im Herzen quillt.

War's nicht in deinen luft'gen Hallen,
Wo einst in alter Zeit erwacht,
Wie Lenz=gewordne Nachtigallen,
Das Rauschen einer Liederschlacht?

Ein schönes Kämpfen, wo der Sieger
Mit Wohllaut süß den Gegner lähmt
Und den besiegten schwächern Krieger
Mit Wonne göttlich überströmt!

Du Fels, dran los die Donnerwolke,
Das Lenzgewitter, Luther, brach,
Da der Prophet zu seinem Volke
Verhüllt aus Wolkenschleiern sprach!

Das Wetter hat gereint, durchschüttert
Den Himmel, daß er heller blaut,
Manch morsches Haus in Grund gesplittert
Daß fester, schöner man's erbaut!

Du Steinwand, dran in spätern Tagen
Der Jugend üpp'ger Rebensproß
Lenzungeduldig ausgeschlagen,
Lenzübermüthig frei aufschoß!

Die Rebe wollt' im Keime sprühen
Von Früchten, die dem Herbst gespart!
Kein Edelreis, das nicht im Blühen
Schon künft'ger Frucht Bewußtsein wahrt!

Doch jetzt kein Frühlingslied mehr flötet,
Kein Blühn wagt sich zur Marmorflur;
Der Lenz hat selbst den Lenz getödtet,
Gras säend auf der Edlen Spur.

Wie Polens Reichstag, als zerstoben
Sein Heer, im fremden Lande doch
Treu hielt zusammen, gotterhoben:
Da Polen nicht verloren noch!

So schaarten Frühlings Auserkorne
Die Blumen hier sich bald aufs neu',
Daß Lenz, der noch nicht ganz verlorne,
Sich guter Stellvertreter freu'.

Da stehn sie, hütend seine Krone,
In Feuerwächters Gartenplan:
Doch hat der Mann die Lärmkanone
Hart aufgefahren nebendran;

Daß nimmer Feuersnoth empöre
Das liebe Städtchen Eisenach,
Den tiefen Waldesfrieden störe,
Der es umwölbt mit grünem Dach!

Der eh'rne Nachbar dünkt erschreckend
Wohl eben nicht den Blumenbund;
Mohnköpfe spähn, empor sich streckend,
Neugierig in des Mörsers Schlund.

Schlingblumen greifen in die Speichen,
Das Ungethüm hinwegzuziehn;
Am Pulverschrein, dreist ohne Gleichen,
Die kecken Feuernelken sprühn.

Der Mörser dient als Bank im Garten,
Es sitzt auf ihm ein zärtlich Paar;
Den Ausgang will ich nicht erwarten,
Da allerseiten Feu'rgefahr!

Jetzt hüpfen glüh'nde Rosenlunten
Sogar ums Zündrohr unbedacht;
Nun seid gefaßt, ihr Andern unten,
Daß bald die Lärmkanone kracht.

Am Rhein.

Das sind die Fluren gottgesegnet,
Das ist der alte deutsche Rhein!
Von der Gefährten Lippen regnet
Kein andrer Reim als Wein und Wein!

Wie kommt's, daß diesen nun ich fände,
Den härt'sten von den Reimen all?
Daß ich vom grünen Rebgelände
Rückschau' zum grauen Festungswall?

Dort mußt' ich blüh'nde Rosenwangen
Umrahmt von Kerkergittern sehn,
Dort sah aus schwarzen Eisenstangen
Ein blondes Jünglingshaupt ich spähn!

Wohl meint' ich, daß am Fensterrande
Ein süßer Blumenstrauß erblüht,
Ich ahnte nicht, daß hier zu Lande
In Kerkern Jugend man erzieht!

14*

Wo Fesseln Jünglingshände drücken,
Muß schlimm es mit den Alten stehn!
Nach deren Armen möcht' ich blicken,
Ob Kettenspur nicht dran zu sehn?

Was hat das junge Volk verbrochen?
Sein Fehler selbst ist schönheitreich!
Vulkanen gleich, die Laven kochen,
Sturzbächen, alpenquollnen, gleich.

Staunt im Vesuve Gottes Wunder,
Pflanzt dran der süßen Reben Zaun!
Doch wer hieß euch, so nah dem Zunder,
Rings eure morschen Hütten baun?

Sonnt euch in Sturzbachs Farbenbogen!
Doch euch zum Bade dient er schlecht;
Vielleicht daß einst im Thal die Wogen
Zu Bad und Rädertrieb gerecht!

Kann „Freiheit, Vaterland!" euch schrecken,
Gejauchzt aus voller Jünglingsbrust?
Der Riesengeist ist's, den zu wecken,
Doch nicht zu bannen ihr gewußt!

Traun, wo die Jugend will entwenden
Der Alten Degen, scharf und blank,
Wankt, statt des Schwerts, in greisen Händen
Gewiß ein Binsenzepter schwank!

Und wo die Jugend, Rath zu halten,
Sich drängt zum Senatorenstuhl,
Da machten sich's gewiß die Alten
Vorerst bequem im Lotterpfuhl!

Und wenn von steilen Bergesspitzen
Der Jugend Wort das Volk ermannt,
Verkrochen längst in Thalespfützen
Die Alten sich vorm Sonnenbrand.

Drum scheint's, daß für der Alten Sünden
Die Jugend fromm die Kette nahm:
Im Kerker müßten Greis' erblinden,
Das Erz bräch' ihre Hände lahm!

Drum tragt, ihr Jüngling', ohne Schelten
Das Eisenband aus Kindespflicht!
In Wolken lebt kein Gott, vergelten
Einst süß die eignen Söhn' euch's nicht!

Das Weiheschwert.

Als durch den Rhein gewallt, geritten
Die Jugend Deutschlands weihetrunken,
War, von Franzosenblei durchschnitten,
Ein Mann in Reben hingesunken.

Nun ihn umweht des Todes Odem,
Reißt aus der Scheid' er seinen Degen,
Die Spitze bohrend in den Boden,
Zu sprechen drauf Gebet und Segen.

So muß das Schwert als Kreuzbild ragen,
Drob Reben wölben die Kapelle;
Durch die durchbrochne Kuppel schlagen
Vom Himmel Sonnenlichter helle.

Ein schönes Opfer ist gefallen,
Ein Held, umrauscht von Kampfesliedern!
Als süße Opferdüfte wallen
Die Sterbeseufzer eines Biedern:

„Wie bist du schön, mein Volk, entlodert
In Hassesgluth, in Kampfesmuthe!
Was Greisenschwäch' entäußert, fodert
Die Jugend rück mit ihrem Blute.

Nicht weil's ein Volk von andrem Namen,
Von andrer Sitt' und andrer Sprache,
Nein, weil sie uns als Dränger kamen,
Drum sucht sie heim jetzt unsre Rache.

Mein Volk, das an des Louvres Raine
Zerschlägt die Ketten, die es engen,
Es trifft, thut's Noth, auch näh're Steine,
Die hart genug zum Kettensprengen.

O daß die Schlack' aus edlen Erzen
In diesem großen Brand sich trenne!
Einst diese Racheglluth in Herzen
Rein als Begeist'rung fort noch brenne!

Daß aus des Hasses Dorn, der modert,
Die Lieb' einst ihre Rosen triebe!
Denn wo so viel des Hasses lodert,
Muß tiefer glühn noch viel der Liebe!

O daß sich — wie im West erstanden
Ein Held in Ruhm und Haß — erhübe
Gewaltig einst in deutschen Landen
Ein Held der Ehre und der Liebe!

In dessen Herzen Taubenpaare
Der milden Volksliebe wohnten,
In dessen Haupt die Sonnenaare
Urfürstlicher Gedanken thronten!

Mit meinem Blute, meinem Segen
Möcht' ich für ihn dieß Kampfschwert feien;
Wie Roland's oder Artus' Degen
Soll es ein fester Zauber weihen.

Erhebt er's, soll die Fessel springen
Wie Glas, in Scherben sein zersplissen,
So jene edlen Schmiede bringen,
Die selbst nicht sie zu brechen wissen.

Verstummen soll'n im Prunkgemache
Die Worte, die zu kriechen wagen:
Der schöne Rheinstrom deutscher Sprache
Darf keine Sklavenschiffe tragen!

Zieht er das Schwert im Sonnenglanze,
Dann wirble, dran zurücke prellend,
Der Glast in dichtem Funkentanze,
Der Fürstenräthe Häupter hellend!

Daß Flammenzungen sprühn in Bächen,
Daß es ein andres Pfingstfest scheine,
Und die jetzt tausend Zungen sprechen,
Fortan nur sprechen mögen Eine!

Und schwingt er's wo in deutschen Landen
Von einem Berg nach den vier Winden,
Sei neu die todte Saat erstanden,
Soll neue Gluth die Rebe zünden!

Und um den Berg rings soll sich schaaren
Das ganze Volk zum heil'gen Bunde!
Dann wird der Herr sich offenbaren
Aus seines Abgesandten Munde."

Dieß Schwert mocht er als Kreuz umfassen,
Als sich vom Leib die Seele trennte,
Sein Nachlaß ward es uns gelassen
Und seinem Grab zum Monumente.

Vermag des Helden Blut zu feien,
In Füll' ist dann gefeit der Degen;
Und konnten Sterbehauche weihen,
Dann birgt er kräft'gen Wundersegen.

Längst ist das Schwert versenkt, verloren,
Umrankt ist von der Reben Wucht es!
Doch wird dem Schwert sein Held geboren,
Dann holt es ihm, geht hin und sucht es!

Poesie des Dampfes.

Ich höre Lieder, ehrenwerthe, klagen,
Seh' edle Angesichter sich verschleiern,
Prophetisch trauernd, daß in unsern Tagen
Der Prosa Weltreich seinen Sieg will feiern;

Daß Poesie, entsetzt, nun fliehen werde,
Auf schnurgerader Eisenbahn entjagen,
Entführt auf Dampffregatten unsrer Erde,
Auf Dampfkarossen ferne fortgetragen!

Ei, wart ihr denn so hold den krummen Wegen,
Daß ihr so sehr die graden scheuen könnet?
Und ist euch's Poesie, auf Holperstegen
Zu kriechen, wenn zu fliegen euch vergönnet?

So macht euch auf, wohlan, auf alten Gleisen
Der Poesie, der flücht'gen, nachzujagen,
Und knebelt mit Gebiß und Strang und Eisen
Das Roß, das edle freie, vor den Wagen!

Die Haid' entlang! Laßt eures Leibs Gebeine
Des Auferstehungstages Rütteln ahnen,
Der Rosse Schnauben, Peitschenknall und Steine
Im Staubgewölk euch der Verlornen mahnen!

Springt dort ins Boot, laßt rudern eure Rechte!
In saurem Schweiß den Schiffer laßt nicht zagen!
Ob eure Brüder euch, die Ruderknechte,
Von der verlornen Poesie nicht sagen?

Besteigt ein Schiff und fangt die Launenspende
Des wind'gen Windgotts auf im Segeltuche,
Als ob ein Bettler mit dem Hut behende
Des Wandrers milden Sold zu haschen suche!

Will er's, so ruht windstill mit schlaffem Segel,
Seid festgefroren in den Sommertagen!
Vielleicht daß Delphin euch und Seegevögel
Von jener, so ihr suchet, weiß zu sagen!

Ich will indeß hinab die Bahn des Rheines
Auf schwarzem Schwan, dem Dampfschiff, singend schwimmen,
Den Becher schwingend voll des goldnen Weines,
Dir, Menschengeist, den Siegeshymnus stimmen!

Wie dir der Feuergeist die Flammenkrone
Herab vom stolzen Haupt hat reichen müssen,
Wie du dem Erdengeiste, seinem Sohne,
Das eh'rne Herz kühn aus der Brust gerissen;

Wie du zu beiden sprachst: Ihr sollt nicht rasten!
Daß fürder Mensch nicht Menschen knechten möge,
Geh, Feuer du, und trage deine Lasten!
Leb', Eisen du, und wandle seine Wege!

Ich weiß, daß deines Wandels Flammengleise
Kein Blümchen im Poetenhain bedrängen,
So wie des Heil'genscheines Gluthenkreise
Kein Löckchen am Madonnenhaupt versengen.

Nein, Amt der Poesie in allen Tagen
Ist's, hoher Geist, dein Siegesfest verschönen,
Wie der Victoria Goldbild überm Wagen
Des Triumphators schwebt, um ihn zu krönen.

Schon seh' ich dort entlang des Gaues Straßen
Die dampfgetriebnen Wagenburgen fliegen,
Wie scheugewordne Elephantenmassen
Thürm' und Geschwader tragen fort zu Siegen;

Der schwarzen Rüssel Schlote hoch erhoben,
Dampfschnaubend, rollend wie die Wetterwolke!
Die Mannen, siegestrunken, jauchzend oben;
Weitum gelichtet alle Bahn vom Volke!

Wenn auch aus seinem alten Lindenfrieden
Den Patriarchen dort des Dorfs sie wecken,
Nicht schadets, wenn er, was der Geist beschieden,
Die Mütze lüftend, schaut mit freud'gem Schrecken;

Nicht schadet's, wenn er, was er dort sah tosen,
Des Geistes wandelnden Altar muß nennen;
Wenn er im Rauchkoloß, dem flücht'gen, losen,
Die Gluth, die ew'ge, die ihn zeugt, sieht brennen!

Und wenn er betend fleht, daß die Minerve,
Die jetzt des Volks olymp'schem Haupt entsprungen,
Nie gen den Vater die Geschosse werfe,
Nie sei von seiner Dränger Sold gedungen!

Und wenn er ahnt, daß sie in schönern Tagen,
Wofür er selbst einst feststand im Gefechte,
Dem Enkel werde zu ersiegen wagen
Ein glorreich Vaterland und heil'ge Rechte!

Laßt beten ihn, und ahnen so im Stillen,
Bis sich gesenkt vor uns des Dampfes Wolke,
Als heil'ger Tempelvorhang, zu verhüllen
Der Zukunft Schickungen dem jetz'gen Volke.

An Jakob Grimm.

(Neujahr 1858.)

Dahin ist längst der schöne Traum Deutschlands, des einen,
      ganzen,
Wir sehn des Kaiseradlers Flaum zersetzt im Winde tanzen,
Seit Deutschlands Zepter barst, und sie um des Reichsapfels Schnitten
Wie hungernd Bettelvolk und wie genäsch'ge Knaben stritten.

Das ist dahin! Doch hat die Zeit der Wirrung nicht vernichtet
Germania's Geist; der hat ins Herz der Edlen sich geflüchtet,
Wie Karol's Ring der Treue tief versenkt im See von Aachen, —
Drin träumt er nun Vergangenheit und ahnt ein schön Erwachen.

Da schlief er zwar, doch trann, er lebt! er weiß, daß ihn zu
      schützen
Des Busens Bollwerk nicht erbebt, des Worts Karthaunen blitzen,
Daß Eine Burg ihm ragt noch fest: der deutschen Sprache Einheit,
Ein Banner sich nicht beugen läßt: der deutschen Treue Reinheit! —

Da wußten sie, es sitz' ein Mann in Göttingen, der stiere
In alten Pergamentenwust, in gothisches Geschmiere;
Er dauert sie, daß Urweltstaub ihm so die Lungen beize,
Und die verblaßte Ahnenschrift die Augen überreize.

Sie ahnten nicht, daß an dem Tag der Prüfung und Gefahren
Der bleichen Lettern Schwarm um ihn als Mannenvolk in Schaaren,
Ein Heer, gepanzert, kerngesund vom Scheitel bis zur Zehe,
Jahrhundertstaub sich schüttelnd von den Sohlen, einst erstehe!

Sie ahnten nicht, vergilbt Papier werd' in der Hand des Treuen
Urkunde deutscher Ehre, sich so blank und rein erneuen,
Ein Dokument mit goldner Schrift und marmorschweren Blättern,
Kein Spiel des Winds, der Albions Prachtflotten mag zerschmettern!

Sie ahnten nicht, daß einst ein Paar von kleinen Menschenlippen,
Befugt nur von den Herrn der Welt zu Kuß und Humpennippen,
Und etwa noch zum Meineidspiel, — ein Wort aussprechen möge,
Das dröhnend, nachgehallt vom Belt bis an die Alpen flöge!

O Preis und Ruhm der Wissenschaft! Es gibt der sonst so armen
Der Thron selbst heut als Ehrenwacht Dragoner und Gendarmen!
Fürwahr, wo solche Männer fortverbannt, landflüchtig reisen,
Müßt strafend ihr nicht aus dem Land, nein, in das Land verweisen!

Du aber, Mann der Treu' und Ehr', den wir so herrlich tragen
Das Banner deutschen Wortes sahn, du weißt aus alten Sagen:
Wenn wo ein Heer feldflüchtig ist, versprengt auf irren Wegen,
Ruht auf der letzten Fahne noch ein zaubervoller Segen;

Und wer sie trägt, deß Haupt wird sie als Baldachin umwiegen,
Ein Ehrenmantel wird sie stolz um seine Schultern fliegen,
Sie wird, thut's Noth, ihn schützend auch als goldne Wolk'
                                        umschweben,
Und ihn, verschleiert all in Glanz, unwürd'gem Volk entheben.

Getrost! Noch steht die schönste Burg, der deutschen Sprache Veste:
O daß sie, deine Wartburg, dich bewirth' und schirm' aufs Beste!
Du rufst von ihren Zinnen dann — wer bricht die je in Trümmer?
„Ob Alles auch verloren sei, ist's doch die Ehre nimmer!"

Beklagen lernt' ich heut es erst, daß meine Jugend ferne!
Zu Göttingen, der guten Stadt, wär' ich Studiosus gerne,
Vor deinem Haus ein Ständchen dir Guitarrenklangs zu schüttern
Daß nicht die Scheiben nur davon, auch Herzen sollten zittern;

Daß bis Hannover hin der Sang sich schwänge wundertönig
Aus Ohr des Herzogs Cumberland, der jetzt Hannovers König;
Versteht er auch des Deutschen Lied von deutscher Ehre schwerlich,
Wird sich wohl Einer finden dort, ihm's zu verwälschen ehrlich.

Romancero der Vögel.

Sturmvogel.

m Gewande der Trauer
Schreit' ich über die Meere,
Aufrecht, wie einst der Glaube
Schritt zum Nachen des Herrn.

Unterm Flügel die Küchlein
Brüt' ich, und wie den Glauben,
Trägt den Schmerz auch die Welle,
Trägt auch des Schmerzes Brut.

Fern dort gleitet ein Schifflein,
Jubelnd mit Bechern und Harfen,
Grüßend mit Wimpeln und Flaggen!
Schonst du der Lust auch, o Meer?

Hätt'st du, Schifflein, mein Auge,
In die Tiefe zu blicken,
Dir verstummten die Harfen,
Dir entsänke die Fahn'!

15*

Wie langweilt ihr mich wieder:
Schweigende Meeresruhe,
Endlose todte Haide,
Ewiger Sonnenschein.

Vater Sturm, dich beschwör' ich
Und gebiete dir, hauche
Scharfen, stählenden Nordhauch
Meinen Jungen ums Herz!

Laß durchwandeln mich jauchzend
Grünenden Wellenhügel,
Dessen Gipfel ein Garten
Weißer Blüthen umschäumt!

Laß mich klimmen frohlockend
Ueber wogende Alpen,
Deren Häupter die Brandung
Krönt mit ewigem Schnee!

Spalte die Tiefen der Fluthen,
Daß am Grunde die Leiche
Wieder küsse den Lichthauch,
Sauge die Schimmer des Tags!

Trägst du gleich mir, o Schifflein,
Liebe Brut unterm Fittig,
Kinder der Lust, die das Meer nicht
Schont, wie die Kinder vom Schmerz?

Will dich warnend umkreisen,
Rufen vom Mast dir: Wehe!
Schreien vom Kiel dir: Wehe!
Ob auch das Herz mir jauchzt.

Ha, die Harfen verstummen
Und die Becher, sie sinken,
Und die Segel, sie fallen,
Bleich ist der jubelnde Mund!

Blitz, nun flattre dein Wimpel,
Donner, rühre die Harfe,
Sturm, nimm mich in die Arme,
Wieg' in Wonne dein Kind!"

Storch.

Das ist der vielgereiste Tourist
Herr Storch, der heimgekehrte,
Mit langen stolzen Schritten mißt
Des Daches First der Werthe.

Er trägt, wie's Wandrerart gebot,
Ein weißes Blousenhemde
Nebst hohen Stiefeln von Juchten roth,
Und preist die schöne Fremde:

„Da wären wir wieder, da wohnen wir
Grad' über dem Stall der Rinder.
Prophet in der Heimat, bin ich hier
Das Spiel der Bauernkinder.

In Rom wohnt' ich auf dem Vatikan,
Sah wandeln den Papst im Garten,
Da wuchsen, seht eure Kürbiß' an,
So groß der Orangen Arten.

Vom Rhein war böse Post gerad',
Der Papst in Sinnen verloren;
Ich gab ihm einen guten Rath,
Er mir den Orden vom Sporen.

Auch hatt' er drob mir keinen Verdruß,
Als ich ihm in einem Sitze
Vor Durst aussoff den Tiberfluß,
So groß ist dort die Hitze.

Am Aetna schnell vorüber ging's,
Zwei sah ich um Schwefel streiten;
Ich schaute rechts, ich schaute links,
Es stank auf beiden Seiten.

Als über das blaue Meer ich zog,
Da flaggten mir alle Schiffe,
Ihr Donner zum Ehrengruß mir flog
Weithin an Gestad' und Riffe.

In Syrien fand ich ein irres Heer,
Verhungernd, versprengt in der Wüste;
Ich flog vor ihm durch des Sandes Meer
Als Führer zu Mizraims Küste.

Da lag der Feldherr todeskrank,
Zu Ende mocht' es eilen;
Des Vetters Ibis Kunst sei Dank,
Die mich gelehrt, ihn zu heilen.

Mit weißem Bart der alte Pascha
Zum Großfeldscher mich ernannte,
Gab mir zu Lehn das Nilland da
Und was drin kroch, schwamm, rannte.

Auf Pyramiden, bei fürstlicher Kost,
Durft' ich in Herrlichkeit thronen;
Mir huldigten Völker aus Süd und Ost,
Wie Göttern der Pharaonen."

Den Reisebericht indessen erklärt
Frau Storchin den Nachbarinnen:
„Am Nil hat er ein Würmlein verzehrt,
Den Tiber — sah er rinnen."

Den Vogel an den Federn!

Gegenüber der Hofburg steht
Der Thurm der Kathedrale,
Drauf des Landes Banner weht
Prunkhaft im Sonnenstrahle.

Sein Nest an der Stange flicht
Ein Vogel dort alljährlich:
Ward ihr des Baues Gewicht,
Das Picken der Jungen gefährlich?

Hat mitgeholfen der Wind,
Die Zeit mit zermalmendem Zahne?
Eines Tages pfeilgeschwind
Vom Thurme stürzte die Fahne.

Der Fürst sieht vom Balkon
Des Banners Sinken und Fallen:
„Verrath und Rebellion!
Herbei zum Kampf, ihr Vasallen!

Die Meuter erklommen den Thurm,
Zu läuten des Aufstands Glocken!
Sie stürzten mein Banner im Sturm!“
So rief der Fürst erschrocken.

Das ist durch Gang und Gemach
Ein Rufen, Rennen und Schreien!
Hofdamen flüchten aufs Dach,
In den Keller die Lakaien.

Es sprengen rechts und links
Ordonnanzen und Staffeten,
Und aus den Kasernen rings
Hallt's von Trommeln und Trompeten.

Den friedlichen Bürger verschlingt
Des Marktes Drängen und Tosen,
Der Staatsminister springt
Verkehrt in die Galahosen.

Von Bajonetten ein Strom
Quillt blitzend hervor aus den Gassen,
Es dröhnen Palast und Dom
Vom Trabe der Reitermassen.

Zur Stadt im Flügelschritt
Zieht Landsturm aller Farben
Und jammernde Bauern mit,
Ob der zertretenen Garben.

Kanonen rasseln heran,
Die Lunte glimmt schlagfertig,
Entrollt steht auf dem Plan
Das Heer, des Kampfes gewärtig.

In der Lüfte sonnigen Strom,
In der Wolken stummen Reigen
Ragt still und tief der Dom,
Am Thurm die Glocken schweigen.

Wer hat in dieß Volk hinein
Gesä't des Unheils Samen?
Ein winziges Vögelein!
Wer nennt uns seinen Namen?

Den Namen kennt man kaum,
Er klingt fast wie Gewissen;
Man macht aus des Vogels Flaum
Allerhand Ruhekissen.

Zinsvögel.

Am vollen Erntewagen
Froh wallte der Bauer einher,
Die Erntekränze sie lagen
Auf garbenbeladenem Wagen,
Die Rößlein zogen gar schwer.

Ein Adler flog an den Wagen:
„Mein Bäuerlein, halt, ich bin's!
Daß Füchse dein Huhn nicht nagen,
Verbarg ichs in meinem Magen;
Lad' ab mir den Schutzherrnzins!"

Ein Falke flog in den Räumen:
„Mein Bäuerlein, halt, ich bin's!
Ich lasse dein Saatfeld keimen,
Wie Sonn' und Hagel es reimen;
Lad' ab mir den Bodenzins!"

Gehüpft kam auch ein Rabe:
„Mein Bäuerlein, halt, ich bin's!
Daß ich, der einst dich begrabe,
Zu überleben dich habe,
Lad' ab mir den Sterbezins!"

Zur Scheuer rollte der Wagen,
Die Rößlein zogen nicht schwer;
Die Erntekränze nur lagen
Und soviel Garben im Wagen,
Daß Einer drauf schlafe, nicht mehr!

Der Bauer betet gen oben:
„Es soll, hilf Herre des Alls!
Der Adler mein Blei noch erproben,
Der Falk' in den Schlingen mir toben,
Umdreh' ich dem Raben den Hals!"

Hui! sank er aufs Stroh, ein Müder,
Und an ein Schnarchen ging's!
Da schwebten vom Himmel hernieder
Zwei Täublein im Silbergefieder,
Eins rechts zu ihm, eins links.

Sie fächeln ihm mit den Schwingen
Den Schweiß vom Stirnenrund,
Die goldenen Schnäblein klingen.
Was sie ins Ohr ihm wohl singen?
Süß lächelt und lispelt sein Mund.

Das mocht' ihn gar tröstlich umschmiegen,
Das mochte gar friedliches sein,
Er läßt ja den Adler noch fliegen,
Den Falken in Lüften sich wiegen,
Den Raben hüpfen und schrei'n.

Dieß Liedlein, in blühenden Hagen
Sang's einer vom Falkengeschlecht,
Hat oft von den Erntewagen
Sein Futter sich heimgetragen,
Weiß Gott, es schmeckt ihm nicht recht.

Zwei Hähne.

Im Turnierplatz einer Tenne,
Auf dem Thron von Schobern, Scheitern,
Sitzt in Anmut Jungfrau Henne,
Richtend zwischen zweien Streitern.

Ach, es hat ihr sittsam Gackern,
Ihr jungfräulich sittsam Schreiten
Liebentflammt die beiden Wackern,
Die um ihren Preis nun streiten.

Welcher ist's, den sie erkoren,
Dem sie weiht die gleiche Flamme?
Goldhahn mit den schmucken Sporen?
Schwarzhahn mit dem schönen Kamme?

Goldhahn ist ein stolzer Ritter,
Trägt ein Wamms orangenfarben,
Goldnen Panzer, bunte Flitter,
Grüner Federn volle Garben!

Siegbewußt im Selbstgefallen
Steht der Stutzer ganz verloren,
Doch der Maid zumeist vor Allem
Traun, behagen seine Sporen.

Schwarzhahn prunkt nicht also eitel!
Melancholikus von Hause,
Einfach schwarz vom Fuß zum Scheitel
Trägt er Mantel, Rüstung, Krause.

Seufzend mit gesenkten Blicken
Birgt er in sich seine Flamme,
Doch die Dame fand Entzücken
An dem schönen rothen Kamme.

Horch, Trompetenstöße krähen!
Auf zum Kampf, ihr tapfern Ritter!
Stäubend in den Lüften wehen
Federn statt der Lanzensplitter.

Wie sie an einander springen,
Grimmig mit den Flügeln schlagen,
Und mit Blick und Kralle ringen,
Degengleich die Schnäbel tragen!

Weh', ein Kleinod hat verloren
Jeder in des Kampfes Flamme,
Goldhahn seine schönen Sporen,
Schwarzhahn ein gut Stück vom Kamme!

Und die Dame steht unschlüssig,
Wer zum Siegespreis zu wählen?
Schwarzhahn, der des Kammes müssig?
Goldhahn, dem die Sporen fehlen?

Colibri.

„Mein Nam' ist Colibri, Mann von Hofe,
An Liebreiz ein klein Ungeheuer,
Der Königin Rose und ihrer Zofe,
Dem schönen Haideröslein, gleich theuer.

Ich summe Sonette zu ihrem Preise,
Umschwebe sie artig und dienstbeflissen;
Wer sich bewegt in so feinem Kreise,
Darf Anstand und fein Gewand nicht missen.

Ich trag' ein Barett demantenflimmernd,
Staatsweste, Höslein goldbrokaten,
Den Frack von grüner Seide schimmernd
Und ausgenäht mit bunten Nahten.

Mein Schnäblein ist mein Galadegen,
Mein Zünglein beweglich ist die Klinge;
Was ich mit jenem nicht darf erlegen,
Mit dieser ich's sicherlich bezwinge.

Man sagt, ich sei treulos und flüchtig
Und meine Huldigung wetterwendig;
Untreu der einzlen Blume, die nichtig,
Bin treu ich der Lenzmacht, die beständig!

Ob sich die Meuter auch all' verschworen,
Den milden Zepter der Rose werden,
Ich weiß es, nimmer zerbrechen die Thoren,
Das Reich des Lenzes nimmer gefährden.

Da schießt der Hagel mit silbernen Pfeilen,
Da stürmt mit kristall'nen Lanzen der Regen,
Da seht ihr den grimmen Winter eilen,
Des Reiches Farben hinwegzufegen.

Da reißt der Sturm, ein gemeiner Scherge,
Der Rose den Purpurmantel vom Leibe;
Sie weiß, daß, ob sie im Tod sich berge,
Ihr Stamm doch frischere Sprossen treibe.

Besudelt mir nicht des Hofkleids Stoffe
Im Trümmerfall, im Kampfgetose!
Der Ausgang aber wird gut, ich hoffe,
Die Rose ist todt, es lebe die Rose!"

Gimpel.

In des Waldes Kathedrale
Rauscht das Laub als Sonntagsglocken,
Glühn als goldne Ampelstrahle
Hell der Sonne Lichterflocken.

Und die gläub'gen Vöglein wallen,
Sonntaglich an Leib und Feder,
Zu des Buchbaums grünen Hallen,
Wo ein Ast ragt als Katheder.

Dompfaff Gimpel predigt dorten,
Der die Frau'n und Herrn begeistert,
Weil er klug mit Salbungsworten
Jene rührt und diese meistert.

Läßt nicht gut von schwarzem Sammet
Ihm das Soli = deo = käppchen?
Roth die Domherrnweste flammet,
Zierlich fällt das schwarze Schleppchen.

Seine engbestrumpften Beine
Weiß er anstandsvoll zu stellen,
Dem Asketeneifer seine
Weltmanieren zu gesellen.

„O ihr Sünder, unbußfertig,
Wandelnd auf des Irrsals Wegen,
Seid des Götterzorns gewärtig,
Der euch allwärts droht entgegen.

Meidet die Gewohnheitsünden
Kirschen, Hanfkorn, Weizenähren,
Laßt euch nicht von Lust entzünden
Zu Wachholders schnöden Beeren!

Denn Leimruthen, Netze, Kloben
Drohn euch dort als Fegefeuer,
Drin in Qual ihr werdet toben,
Und aus dem Befreiung theuer.

Wehe! Den verstockten Bösen
Gähnt die Hölle Vogelbauer,
Daraus nimmer ein Erlösen,
Drin der Pips und ew'ge Trauer!

Nun geht heim und unbethöret
Weiter am Wachholderhage;
Denkt der Predigt, bis ihr höret
Deren Ende heut acht Tage."

16*

Doch am nächsten Festesmorgen
Unbesetzt ragt der Katheder;
Wo der Pred'ger sich verborgen,
Sucht mit Angst und Aengier Jeder.

Am Wachholder düstre Reste!
An den Kloben sein Gefieder!
Ein Stück Mantel, ein Stück Weste!
Ach, kein Auge sah ihn wieder.

Paradiesvogel.

Wie er im raschen Flug
Hin durch die Wolken schiffte,
Stumm durch den zwitschernden Zug,
Der Ahasver der Lüfte.

Stumm wie ein irrer Komet
Mit glänzendem Leibeskerne,
Die sprühende Schleppe weht
Ihm nach weithin in die Ferne.

Der Tod ihn nimmer ruft,
Noch sah kein Aug' ihn modern;
Vielleicht daß er mag in Duft,
Wie sterbende Sterne verlodern?

Ihn lockt nicht die blühende Au,
Um Nahrung herabzuwallen,
Aus Wolken pflückt er den Thau
Im Flug, wie Blumen im Fallen.

Und weil sie sein Nest im Wald,
Sein Grab nicht sahn auf der Wiese,
Drum hieß er dem Volk alsbald
Der Vogel vom Paradiese.

Die Sage aber erzählt:
Als Nachtigall einst geboren,
Von Rosenliebe beseelt,
War er zum Gesang erkoren.

Er sang, daß starres Erz
Selbst Blüthentrieb verspürte;
O daß er des Lenzes Herz,
Des flücht'gen, zum Bleiben rührte!

Fortzog der Lenz durch das All'
Mit Rosen, Liedern und Scherzen,
Da ahnte die Nachtigall
Den Tod vom gebrochenen Herzen.

Sie fleht in der Seele Pein:
„Herr, heb' empor mich von hinnen!
Laß mich bei dir allein,
Dem Unvergänglichen, minnen!"

Da ging aus des Herren Hand
Als Adler sie neugeboren,
Von Sonnenlieb' entbrannt,
Zum Himmelsflug erkoren.

Da flog zum Quell des Lichts
Fort, fort durch Wolken und Sterne,
Schon schwand ihm die Erd' in Nichts,
Die Sonne doch blieb gleich ferne!

Sein Aug' von Kristall schon brach,
Schon schmolz ihm die eherne Schwinge;
Im Niedersinken doch sprach
Er so zum Herrn der Dinge:

„Darf nicht bei dir ich im Licht,
Dem Unvergänglichen, wohnen,
O schleudre zurück mich nicht
Zu niedern Erdenzonen!"

Da bannt' ihn der Herr im Flug
Und schuf ihn, wie dort er schiffte
Stumm durch den zwitschernden Zug,
Der Ahasver der Lüfte.

Nicht erdwärts schwebt er, daß nicht
Befleckt sein rein Gefieder,
Nicht sonnenwärts zum Licht,
Vorm Ziele sänk er ja wieder.

Sein Herz nicht überfließt's
Von Flammen des Liederdranges;
Was oben, unsingbar ist's,
Was unten, nicht werth des Gesanges!

Ein Stern des Himmels, erglüht
Er hell den Irdischen hüben;
Eine Blume der Erde, blüht
Er bunt den Geistern drüben.

Und wenn er vorbei euch zieht,
Stumm durch den singenden Reigen,
Verstandet ihr einst nicht sein Lied,
Lernt jetzt verstehn sein Schweigen.

Rother Hahn.

Waffengerassel und rollende Wagen,
Dröhnender Taktschritt, Wiehern der Rosse,
Staubgewirbel und Blitze der Mörser!
Donnernd fallen die Würfel der Schlacht!

Ueber den Heeren flattert des Kriegsgotts
Furchtbar-prächtiger, feuriger Vogel,
Lodernden Kamm und leuchtende Flügel
Schüttelt im Flug der rothe Hahn.

Ihm von den Schwingen träufelt ein Regen
Sprühender Funkenkörner zur Erde,
Wie wurfkundiger Hand des Sämanns
Glänzende Saatenkörner entsprühn.

Reich aufsprießen die feurigen Saaten,
Erst nur schüchterne, glühende Halme,
Dann, vom Winde bewegt, ein weites
Wogendes, wallendes Garbenmeer!

Unter den gelben Aehrenfluthen
Blühn die blauen und purpurnen Flämmchen,
Wie im Schatten der goldenen Halme
Blaue Kornblum' und feuriger Mohn.

Stöhnen der Mütter, Weinen der Kinder:
Gräßlicher Wachtelschlag in dem Korne!
Wimmern der Feuerglocken in Lüften:
Wirbelnder Lerchensang ob der Saat!

Doch, ein unermüdlicher Sämann,
Fliegt er, neue Saat zu bestellen,
Unbekümmert der schwarzen Stoppeln,
Drüber der Herbstwind klagend wallt.

Tief im Gebirg' auf dem Thurm des Kirchleins
Senkt er zur Rast vom Fluge sich nieder.
Horch, draus fluthen so fromme Gesänge,
Horch, draus steigt ein so brünstig Gebet!

Fluchen kennt er und Jammern und Jauchzen,
Fremd doch blieben ihm diese Töne,
Die ihn jetzt bannen, daß er im Lauschen
Seine Flügel zu schütteln vergißt.

Siehe, da träufelt ein linder Regen,
Kühlt und löscht ihm die feurigen Schwingen;
Statt im reichen Gefieder, am Morgen
Ragt er als kaltes Eisengeripp.

Und des Kriegsgotts prächtiger Vogel
Ward zum Wetterhahne des Küsters,
Kreist und tanzt zum Jubel der Kinder,
Dreht sich willig nach Wetter und Wind.

Zaunkönig.

Ihr Kinder, laßt mir verschont
Zaunkönigs Nest und Zelle,
Denn wo ein Edler wohnt,
Ist eine heilige Stelle.

Wenn traulich der flammende Herd
Euch Zünglein belebt und Gedanken
Euch wärmt im Frost und euch nährt,
Dem Vöglein nur sollt ihr's danken.

In dunkler kalter Zeit,
Als uns des Feuers Gabe
Die Götter noch bargen mit Neid,
Wie Ueberreiche ihr Habe;

Da in dem Vöglein klein
Erwuchs ein großer Gedanke,
Es flog in den Himmel hinein,
Durchbrechend die Wolkenschranke.

Dem Jovisadler, der schlief,
Riß es den Brand aus den Krallen;
Und ob er's auch sengte tief,
Die Beute ließ es nicht fallen.

Und wie ein stürzender Stern
Fiel's erdenwärts mit den Schätzen;
Da eilten von nah und fern
Die Brüder, den Wunden zu letzen.

Die eigenen Federn leiht
Ihm jeder, die Blößen zu decken;
Drum ist auch sein braunes Kleid
Ein Bettlermantel voll Flecken.

Rothkehlchen voran! Doch vom Brand
Ist selbst versengt es worden;
So trägt's noch das rothe Band
Am Busen als Ehrenorden.

Nur Kukuk, der Gauch, gab nichts
Als eine gute Lehre:
„Hast du nur die Größe des Wichts,
Mit Göttergluth nicht verkehre!"

Zaunkönig rächte sich auch,
Wie nur es Edlen gelungen:
Er brütet die Jungen dem Gauch
Zugleich mit den eigenen Jungen.

Es wurde die ganze Schaar
Zu Aerzten im Heilungsdrange
Grasmücke mit dem Trokar,
Krummschnabel kam mit der Zange.

Die Meise wetzt und weist
Blutdürstig ihr Lanzettchen,
Als Wunderpflaster preist
Der Specht ein würzig Blättchen;

Es füllt in der Quelle klar
Das Spritzlein die Bekassine,
Kernbeißer macht sogar
Zum Amputiren schon Miene.

Die Elster aber entbrennt,
Grauschwesteramt zu verrichten,
Sie zupft Charpie und kennt
Hausmittel und Stadtgeschichten.

Zaunkönig mild abwehrt
Die Sorgen, die sie ihm weihen:
„Wen himmlisch Feuer versehrt,
Den heilen nicht ird'sche Arz'neien.“

Ihr schönstes Gefieder flicht
Die Schaar ihm zur lieblichen Krone,
Sein Haupt beschattet sie dicht
Dem kühnen Flug zum Lohne.

Wohlthäter der Welt, versteckt
Er tief sich im Dunkel der Hage,
Allein, beschämt und erschreckt,
Daß eine Kron' er trage.

Romanzen.

Das Wiegenfest zu Gent.

s steht eine goldene Wiege
Am Fuß des Herrscherthrons,
Der Fürst beschaut sich die Züge
Des neugebornen Sohns.

Rings an des Thrones Wänden,
Den Mund an Wünschen reich,
Stehn, nicht mit leeren Händen,
Die Großen in dem Reich.

Frau Margareth' die Holde
Bracht' ihr Geschenk nun dar:
Ein Kindlein war's von Golde
Gar künstlich, wunderbar.

Es ruht in des Kindes Händen
Von klarem Kristalle fein
Ein Kelch voll schimmernder Spenden
An Perlen und Edelstein.

Und als mit ihrer Gabe
Sie trat zum Wieglein vor,
Da sah wohl auch der Knabe
Die erste Rose in Flor.

Sie sprach: „O wahre immer
Den Kindersinn so rein,
Der Erdengüter Schimmer
Bleibt dir dein Spiel und Schein!"

Drauf trat der Wieg' entgegen
Von Bergen der Dynast,
Er bracht' einen güldnen Degen,
Drein manch Juwel gefaßt;

Auch eine Schärpe von Seide,
Darauf ein Phönix von Gold;
Zu all' dem goldnen Geschmeide
Noch eine Lehre von Gold:

„Sei stark! Dich schützend schwing
Die Kraft ihr Schwert von Erz!
Sei mild! Die Milde umschlinge
Als weiches Band dein Herz!"

Dann trug zwei Himmelsgloben
Der Astronom herein,
Drauf Sonn' und Gestirn erhoben
Aus Schmelz und buntem Gestein:

„Nach oben schaue gerne,
Blick' oft zum Licht empor,
Dann nehmen wohl auch die Sterne
Dich auf in ihren Chor!"

Es kam ein Prälat gegangen,
Der eine Bibel trug
Mit diamantnen Spangen
Und goldnem Deckel und Bug:

„Willst du in Schlummer dich neigen,
Das süßeste Kissen ist hie!
Willst in den Himmel du steigen,
Die beste Staffel ist die!"

Stadt Gent, die sandt' als Spende
Ein Schiff von selt'nem Bau,
Von Silber waren die Wände,
Die Masten, Segel und Tau'.

Und auf der silbernen Flagge,
Da stand in Gold dieß Wort:
„Vertraue, hoffe, wage,
Dann steuert dich Glück zum Port!"

Drauf nahte Heinz von Yssel,
Das war des Herzogs Narr,
Der bracht' auf großer Schüssel
Einen kleinen Kirschkern dar:

„Ein Samenkern in der Erden,
Dir, Wiegenkind, ist er gleich!
Aus beiden kann noch was werden,
Die Keime ruhn in euch.

Ich will in die Erd' ihn bauen,
Zum Denkmal dir geweiht!
Einst magst du kommen und schauen,
Wer besser von euch gedeiht?

Und wird er dir Frucht einst reichen,
O Knäblein, werfe nicht
Dann mir und meinesgleichen
Die Kerne ins Gesicht!"

Er pflanzt' im Garten daneben
Den Kern gar sorgsam ein;
Das freilich konnt' er nicht geben,
Was ihm noch fehlt zum Gedeihn:

Der Erde warmen Segen,
Thauperlen spät und früh,
Und Sonnenschein und Regen!
Die kamen, man weiß nicht wie?

Noch spendeten viel die Gäste,
Längst schlief das Kind schon ein;
Jedoch der Gaben beste
Die konnten sie ihm nicht weihn:

Dem Herzen Lieb' und Treue
Und Kraft für manche Last,
Dem Geiste Licht und Weihe,
Wohl kamen im Schlaf sie fast!

Der Keim schoß auf zum Baume,
Geschmückt mit Laub und Frucht,
In dessen schattigem Raume
Sich Schirm der Waller sucht.

Das Kind, das die Wiege hüllte,
Ein Mann ward's, Fürst und Held,
Der fünfte Karl erfüllte
Mit seinem Namen die Welt.

Die Leiche zu Sankt Just.

Aus Sankt Justi Klosterhallen
Tönt ein träges Todtenlied,
Glocken summen von den Thürmen
Für den Mönch, der heut verschied.

Seht den Todten! Wie von welkem Blute
Schlingt ein rother Reif sich um sein Haupt;
Ob einst drauf zur Buß' ein Dornkranz ruhte?
Nein, die Krone lag auf diesem Haupt!

Die Kapuze zieht ein Mönch ihm
Tief jetzt übers Auge zu,
Daß die böse Spur der Krone
Drin verhüllt, verborgen ruh'.

Einst das Zepter hielt sein Arm erhoben;
Rüttelte gleich dran die halbe Welt,
Er hielt fest und höher es nach oben,
Wie ein Fels, der eine Tanne hält.

Diese Arme beugt dem Todten
Jetzt ein Frater zu Sankt Just,
Drückt ein Kreuz darein, und beugt sie,
Ach so leicht! verschränkt zur Brust.

Wie des Regenbogens Himmelsstiege
Glomm der Tag, der ihm das Licht beschied,
Kön'ge schaukelten da seine Wiege,
Königinnen sangen ihm das Lied.

Doch ein Mönchchor singt das Grablied
Jetzt in alter Melodei,
Wie er singt, ob Grabeslegung
Oder Auferstehung sei.

Seht, die Sonne sinkt, die aus den Reichen
Dieses Todten nie den Ausgang fand;
Dieses Abendroth im Gau der Eichen
Ist ein Morgenroth dem Palmenland.

Und die Glocken leiser klingen:
Schöne Thäler, lebet wohl!
Und die Mönche heiser singen:
Schnöde Welt, o fahre wohl!

Einmal noch durchs Kirchenfenster nieder
Blickt zum Sarg der Sonne mildes Roth,
Was sie hier sieht, dort zu künden wieder:
Wie der Herrscher beider Welten todt!

Hirt und Hirtin doch im Thale,
Wie da Glocke klingt und Lied,
Beten still, entblößten Hauptes,
Für den frommen Mönch, der schied.

Vogel und Wanderer.

Bas' und Vetter tafeln im frei'n
Unterm Lindenbaum;
Sitzt auch ein singendes Vögelein
In dem schattigen Raum.

Und es meinen zu verstehn
Solches Wort die Zwei:
„Wie ist Gottes Welt so schön,
Schön und groß und frei!"

Vettern griff des Vogels Sang
Tief wohl in die Brust,
Daß vom Rasensitz er sprang
Voll von Wanderlust!

„Bäschen, meinen Stab hervor!
Schnell mein Bündel geschnallt!
Häng' mir um mein Kugelrohr
Gegen die Bären im Wald!

Meinen Sonntagsstaat umschling'
Einer Blouse Flor,
Draus entpuppt der Schmetterling
Fliegt verjüngt hervor!

Tubus komm, mir doppelt nütz,
Fernen ziehst du heran;
Räuber, dich haltend für Geschütz,
Hältst du fern im Bann!

Bäschen, Pfeif' und Knaster auch!
Wenn zu klar die Luft,
Hüll' ich die Landschaft leis in Rauch,
Da ich sie lieb' im Duft.

Einen Blitzableiter mir pflanz'
Auf den Regenschirm,
Daß ich so gesichert ganz,
Ob es regn' und stürm'!

Flaschenkeller, Triumph und Sieg
Menschlichen Geistes du!
Daß noch Haus und Hof ich trüg',
Schnecken gleich, dazu!

Lebe wohl, und das Weinen laß!
Ziehn jetzt kann ich getrost!
Wenn ich etwa vergessen was,
Sende mir's nach per Post."

Als der Vetter so zum Gehn
Sich hat angeschickt,
Da begab sich's, daß das Gehn
Ihm gar nicht mehr glückt.

Vöglein von dem Baum entweicht,
Singt ins Blau hinein:
„Federleicht, ja federleicht
Muß der Wandrer sein!"

Maria Grün.

Zu Gratz in der Schenke zum Hasen fand
Sonst frohe Gesellschaft sich ein,
Der Wirth war das lustigste Männlein im Land
Und schenkte den herrlichsten Wein.

Still ist's und leer nun, kein Trank und Schwank!
Dem Wirthe verging der Scherz.
Es liegt ihm zu Hause die Gattin krank
Und wimmert im Mutterschmerz.

Er steht am Bette tröstend und hebt
Die Hände zum Himmel und spricht:
„O Mutter deß, der in Ewigkeit lebt,
Verlasse die Dulderin nicht!

Und wenn das Kind, das am Arm ihr einst winkt,
Kann heben den ersten Stein,
Am Ort, wo der Stein aus der Hand ihm sinkt,
Dort will ich ein Kirchlein dir weihn!" —

Einst wallt durch die Flur, die wieder ergrünt,
Der Wirth und sein holdes Weib,
Zur Seite tändelt ein liebliches Kind,
Geschmiegt an der Mutter Leib.

Das hebt dort am Bach ein Steinchen auf,
Und trägt's wohl weit noch und lang;
Hinunter durch Thäler, zu Hügeln hinauf
Geht wechselnd der Wandelnden Gang.

Bis tief in ein Thal, vom Wald umkrönt,
Da läßt es nicht weiter sie gehn;
Ein Ruf in den Lüften und Herzen ertönt,
Gebietend, hier stille zu stehn!

Ein Ruf aus rauschendem Föhrenlaub,
Aus Wellen, die plätschernd ziehn,
Aus Blumen und wehendem Blüthenstaub,
Aus Halmen und Wiesengrün!

Ein Ruf, der auf Strahlen des Lichtes heran
Und tief in die Herzen fährt,
Und wieder als Dank und Jubel hinan
Zur strahlenden Heimat kehrt!

Und wie das Kind die Eltern ersah
Hinknieend mit betendem Mund,
Ausspannt es die Arme zum Himmel da,
Der Stein — entsank ihm zum Grund.

Wohl sieht man zur Stelle ein Kirchlein stehn,
Man nennt es Maria Grün,
Noch sieht man das Thal so wunderschön,
So grünend und duftend blühn. —

Das hat zu Mariens und Gottes Ehr'
Vor Jahren ein Wirth gethan;
Die Enkel doch bauten — dem Wirth wohl zur Ehr'? —
Vorlängst eine Schenke daran!

So mische sich Jauchzen und Becherklang
Mit Psalmen und Glockengeläut!
So tanze der schwarze Meßner entlang
Mit rosiger Kellnerin heut!

Die Leidtragenden.

Aus der Gruft heraus im Grabeskleid,
Nach dem Garten wallt die todte Maid,
Den sie einst so liebevoll gepflegt,
Der wohl tief um sie jetzt Trauer trägt.

„Weiße Lilien, wie mein Herz so rein,
Weinen wohl ums todte Schwesterlein?“
Ach, die Lilien weinen nimmermehr,
Nein, ihr Kelch ist licht und thränenleer.

„Meine Rosen, die ich so geliebt,
Wohl seid ihr erblaßt und tief betrübt?“
Ach, nicht färbte Gram die Rosen bleich,
Nein, sie glühen fort gar wonnereich.

„Nachtigall, du meines Herzens Herz,
Wohl ist deine Brust jetzt stumm vor Schmerz?“
Ach, nicht ist verstummt die Nachtigall,
Durch die Wipfel schmettert laut ihr Schall.

„Blüthenbaum, du neigst dein trauernd Haupt,
Weil du nun der Pflegerin beraubt?"
Ach, nicht ist des Baumes Haupt geneigt,
Sondern freudig in die Wolken steigt.

Einen Jüngling, den sie nie gesehn,
Sieht sie jetzt bei ihren Blumen stehn.
„Fremdling, sprich, was führt zu dieser Zeit
In den Garten dich der todten Maid?"

„„Statt der Rosen bin ich gramesbleich,
Statt der Nachtigall so schmerzenreich,
Statt des Baums neigt meine Stirne sich,
Statt der Lilien wein' ich still um dich.""

Botenart.

Der Graf kehrt heim vom Festturnei,
Da wallt an ihm sein Knecht vorbei.

Hallo, woher des Wegs, sag' an!
Wohin, mein Knecht, geht deine Bahn?

„Ich wandle, daß der Leib gedeih',
Ein Wohnhaus such' ich mir nebenbei."

Ein Wohnhaus? Nun, sprich grad' heraus,
Was ist geschehn bei uns zu Haus?

„Nichts Sonderlich's! Nur todeswund
Liegt euer kleiner weißer Hund."

Mein treues Hündchen todeswund!
Sprich, wie begab sich's mit dem Hund?

„Im Schreck eu'r Leibroß auf ihn sprang,
Drauf lief's in den Strom, der es verschlang."

Mein schönes Roß, des Stalles Zier!
Wovon erschrak das arme Thier?

„Besinn ich recht mich, erschrak's davon,
Als von dem Fenster stürzt' eu'r Sohn."

Mein Sohn? Doch blieb er unverletzt?
Wohl pflegt mein süßes Weib ihn jetzt?

„Die Gräfin rührte stracks der Schlag,
Als vor ihr des Herrleins Leichnam lag."

Warum bei solchem Jammer und Graus,
Du Schlingel, hütest du nicht das Haus?

„Das Haus? Ei, welches meint ihr wohl?
Das eure liegt in Asch' und Kohl'!

Die Leichenfrau schlief ein an der Bahr',
Und Feuer fing ihr Kleid und Haar.

Und Schloß und Stall verlodert' im Wind,
Dazu das ganze Hausgesind!

Nur mich hat das Schicksal aufgespart,
Euch's vorzubringen auf gute Art."

Der Unbekannte.

Durch das enge Thor des Städtchens
Zieht ein alter Bettler fort,
Niemand spendet ihm Geleite,
Lebewohl und Abschiedswort.

Nicht verräth die graue Wolke,
Daß sie Botschaft Gottes trägt;
Nicht verräth der graue Felsen,
Daß er Schachte Goldes hegt.

Und dem kahlen Baum im Winter
Seht ihr's auch nicht an sogleich,
Daß er einst so fröhlich grünte
Und an Blüth' und Frucht so reich.

Von dem Mann am Bettelstabe
Hätt' es Keiner wohl geglaubt,
Daß er einst im Purpur strahlte
Kronumglänzt sein Lockenhaupt!

Meuter rissen ihm die Krone
Und den lichten Purpur ab,
Reichten ihm, anstatt des Zepters,
Einen morschen Wanderstab.

Und so wallt er schon seit Jahren,
Ungegrüßt und ungekannt,
Mit dem schwergebeugten Haupte
Durch so manches fremde Land.

Müde, todesmüde sinkt er
Unter einen Blüthenbaum,
Von den Zweigen eingesungen
In den tiefen, ew'gen Traum.

Menschen, die vorübergingen,
Sprachen da in stillem Gram:
Wer ist wohl der arme Alte,
Der so elend hier verkam?

Doch Natur mit lichtem Auge
Hat den Schläfer wohl erkannt,
Und ein feierlich Begängniß,
Wie's dem König ziemt, gesandt.

Blüthenkränze wehn vom Baume
Ihm als Kron' aufs Haupt herab,
Und zum Zepter übergoldet
Sonne ihm den Bettelstab.

Rauschend wölben sich die Zweige
Ueber ihm als Baldachin,
Und den königlichen Purpur
Legt das Abendroth auf ihn.

Der Invalide.

Im Gartenplan vor der Schenke
Sitzt der alte Invalid,
Erzählt von Schlachten und Siegen
Und singt manch flammend Lied.

Des Dorfes blühende Jugend
Umlagert ihn rings im Gras,
Die rosigen Mädchen füllen
Gar fleißig ihm das Glas.

Ein Kindlein auf seinem Schooße
Spielt ihm in Bart und Haar;
Mit seinem Stock und Säbel
Steht Wacht ein Knabenpaar.

Des Dorfes Schulmagister,
Der Kinder grimmer Tyrann,
Sein alter Spielkamerade,
Sitzt neben dem Krückenmann.

Jetzt streift der Invalide
Den einen Aermel hinauf:
„Nun will ich euch was erzählen,
Nun, Kinder, horchet auf!"

Und näher rückt dem Greise
Aufhorchend der Knaben Schwarm:
Weh, was für böse Schnörkel
Trägt eingebrannt dein Arm?

„Ich will die Zeichen euch lösen,
Schlimm sind die Züge nicht!
Denn wer sie versteht, dem deuten
Sie die halbe Weltgeschicht'!

Am blühenden Strand der Loire
Wuchs ich zum Jüngling heran,
Da lächelte wie ein Bräutchen
Holdselig das Glück mich an.

Am blühenden Strand der Loire
Ward ein herrliches Mädchen mein;
Da schnitt in den Arm dieß Herzlein
Und unsere Namen ich ein.

Da schien zu Paris der König
Mir gegen mich nur ein Wicht;
Zwar kannt' ich nur aus den Münzen
Sein gutes, rundes Gesicht.

Oft fragt' ich, warum auf den blanken
Sein Kopf allein wohl steht?
Wie hätt' ich's damals errathen,
Daß ich nun gar ein Prophet!

Einst klang's und flammt' es im Thale
Von Feldruf und Waffenschein,
Und jubelnde Schaaren brachen
Halbnackt und wild herein.

Sie schwangen blutrothe Mützen
Auf hohen Lanzen empor,
Sie jauchzten: Freiheit, Gleichheit!
In vollem rauhen Chor.

Der Klang thät mir gefallen,
Ich trat in ihre Reihn,
Sie brannten die flammende Mütze
Als Bundeszeichen mir ein.

Einst trat vor unsre Schaaren
Ein Mann gar ernst und bleich;
Er frug nicht, ob wir gehorchten?
Er gebot, wir folgten sogleich!

Er hielt einen stolzen Adler
In seiner kräftigen Hand,
Er rief mit donnernder Stimme:
Für Ruhm und Vaterland!

Sein Ruf thät uns gefallen,
Wir folgten mit Jubelgeschrei:
Oft mocht' uns dünken, als ob er
Wohl selbst der Adler sei.

Der Aar that gute Flüge,
Er hielt nur kurze Rast
Auf Afrika's Pyramiden,
Auf Moskau's Czarenpalast;

Zu Wien auf dem Stephansthurme,
Auf dem Vatikan zu Rom;
Am liebsten von Notre Dame
Sah er auf der Völker Strom.

Bei Mörserklang und Feldruf
Und Siegesflammenschein
Brannt' auf den Arm den Adler
Mit glühendem Stahl ich ein.

Der Aar that gute Flüge,
Zuletzt entschwand er dem Blick,
Und ach, wir sahn ihn nimmer,
Und nimmer kam er zurück!

Drauf drängten uns fremde Schaaren,
Sie strömten Horb' auf Horb',
Ei, alte Bekannte aus Feldern
Von Süd und Ost und Nord!

Sie riefen: Frieden, Frieden!
So riefen seit Jahren sie schon,
Doch wie sie sonst es riefen,
Klang's einen ganz andern Ton.

Rechtmäßigkeit und Frieden!
So riefen sie All' im Verein,
Und brannten die Städte uns nieder
Und stampften die Saaten uns ein.

Sie schleuderten Friedenspalmen
Mit blutigen Schwertern empor,
Und krachende Kanonen
Spien weiße Lilien hervor!

18*

Solch eine glühende Blume
Fiel auf den Arm auch mir,
Und eingebrannt blieb seither
Das Zeichen der Lilie hier.

So trag' ich auf meinem Arme
Die halbe Weltgeschicht';
Herz, Mütze, Adler und Lilie,
Die geben mir treuen Bericht!

Die Mütze ist längst zerrissen,
Der Aar flog ins Sonnenlicht,
Einst welken auch die Lilien,
So wie dieß Herz einst bricht.

Ich setze meinen König
Zu meinem Erben ein,
Und dieser Arm mit den Schnörkeln,
Der soll sein Erbstück sein.

In ein vergüldetes Kästlein
Leg' er den Arm sodann,
Wie jener alte König
Mit den Liedern Homers gethan.

Der las des Tages mind'stens
Ein Verslein, einen Spruch;
So lese mein König fleißig
In meinem Historienbuch.

Nun, Pädagog, was sagt ihr
Zu meiner Weltgeschicht'?"
Der meint: In usum Delphini
Wär' sie so übel nicht!

Ein Traum.

Im fernen, fernen Meere
Da segelt' ein Schiff bei Nacht,
Der Schiffsherr in der Kajüte
Entschlief auf der Matte sacht.

Der Kiel schnitt still und ruhig
Den weiten stillen Raum;
Jedoch so still und ruhig
War nicht des Schiffsherrn Traum:

Ihm träumt', ein Blitzstrahl habe
Den stolzen Mast zerspellt,
Es sei an einem Felsen
Im Sturm das Schiff zerschellt,

Und über Bord geschlendert
Schwimm' er im tosenden Meer,
Und Wogenkolosse und Blitze
Die sausen um ihn her.

Er rudert mit brechenden Armen,
Schon sieht er die Küste nahn,
Doch brausend an ihre Felsen
Schlägt hoch die Brandung hinan.

Auf einem der grauen Felsen
Sieht er eine Jungfrau stehn;
Sie winkt und läßt hernieder
Zu ihm eine Rose wehn.

Doch dort schwimmt nun ein Balken
Zur Rettung ihm heran;
Soll er zuerst die Rose,
Zuerst den Balken umfahn?

Schon brechen die Arme, schon sinkt er
Ins fluthende Grab hinein;
Da faßt ihn die Brandung und schleudert
Ihn an das Felsgestein.

Der Schiffsherr erwacht und stürzet
Rasch aufs Verdeck hinan;
Doch ruhig und sicher gleitet
Das Schiff durch die stille Bahn.

Die flüsternden Wellen baden
Das Haupt im Morgenlicht; —
Wohl sah er keine Trümmer,
Doch auch die Rose nicht.

Ein Ritt über die Haide.

Es ritten über die weite Haide
Zwei Ritter, Freunde in Lust und Leide.
Da ragt kein Baum und kein Vogel singt,
Da säuselt kein Laub, kein Bächlein klingt,
Kein Röslein glüht; nur im falben Kleide
Weithin dehnt stumm sich die glatte Haide.

Erst reiten sie still dahin mit Schweigen,
Wie also die Art ist Freunden eigen,
Denn spräch' auch Dieser hier aus das Wort,
Längst fühlt's und denkt's der Andre dort;
Nur weil so todesstumm die Haide,
Fährt mählich Redelust in Beide.

Der Eine spricht: „Wenn ich die Blicke
Weit über dieß Haidefeld ausschicke,
Muß diesen unbegrenzten Raum,
Der ohne Wechsel und ohne Saum,
Als Bild der Ewigkeit ich deuten,
Der unsre Seelen entgegenschreiten."

Der Andre meint: „Ich bin's zufrieden,
Ist's unsern Leibern und Seelen beschieden,
Wie der Staub, von unsern Rossen gestampft,
Wie der Hauch, aus ihren Nasen gedampft,
Ein Weilchen über die Haide zu treiben,
Mag auch die Haide urewig bleiben!"

Der Erste drauf: „So hältst du in Ehren,
Mißrathner Sohn, der Mutter Lehren!
Für dich umsonst vergossen ist
Des Herren Blut, abtrünniger Christ!
So ist dir des Menschen heiliger Glaube
Nur der des Thiers, des Wurms im Staube!"

Der Andre dann: „Brennt dir unterm Schopfe
Des Herren Lichtlein umsonst im Kopfe?
Und hast du's, eh' es geleuchtet, gestutzt?
Hat dir's das Pfäfflein pfiffig geputzt?
Sonst müßtest du als Glück es ehren,
Wenn wir das Würmlein im Sonnenglanz wären!"

„Wohlan, du Gotteslästrer, verderbe!"
„Wohlan, du Pfaffenknecht, so sterbe!"
Zum Kampf gewendet Pferd gen Pferd!
Zum Hieb geschwungen Schwert gen Schwert!
Ins Herz getroffen und fallend Beide!
Drauf flücht'ger Staub über ewiger Haide.

Ich meine, die Schuld an solchem Leide
Trägt nur die öde, stumme Haide;
Wenn sie geritten im Palmenhain,
Sie würden zur Stunde noch Freunde sein;
Wenn sie geritten im Blumenhage,
Sie ritten wohl noch am heutigen Tage.

Um einen Pfennig.

Zu Hofe ruft viel frohe Gäst'
Der Herzogstochter Hochzeitfest.
Der Narr tritt vor des Herzogs Thron:
„Ich fand ein neu Gefäll der Kron',
Es bringt manch schönen Pfennig.

Den Wink des Augenblicks erfaßt!
Und zu dem Fest der Schönheit laßt,
Was unschön, nur mit Zoll herein;
Ich aber, Herr, mag Zöllner sein,
Die Taxe nur ein Pfennig."

Am Stadtthor gibt dem Volke kund
Ein Pfahl in Landesfarben bunt:
„Nur schönen Leib laßt frei zum Fest;
Wer ungestalt, löf't sein Gebreft
Per Stück mit einem Pfennig."

Ei, das stolzirt! das prunkt um die Wett'
Sammtmäntel, Goldschärpen, Federbarett!
Von schmucken Junkern ein glänzender Zug.
Dem Zöllner bringt er Unlust genug:
„Da setzt's wohl keinen Pfennig!"

Doch dort am Flügel das Junkerlein,
Sieht's nicht, als ob es schiele, drein?
Der Zöllner kann's nicht genau ersehn,
Drum mag er nur ganz schüchtern flehn:
„Schön Herrlein, meinen Pfennig!"

Der Junker schlägt ihm die Gert' ins Gesicht
Und stottert im Zorn: Betrunkner Wicht!
Der Zöllner doch hörte genau zur Frist,
Daß das Herrlein auch ein Stammler ist:
„Drum noch den zweiten Pfennig!"

Und in die Zügel greift er dem Pferd,
Das scheut und wirft den Reiter zur Erd',
Im Fallen entfleucht Hut, Haar und Schopf,
Der Zöllner erschaut den kahlen Kopf:
„Und aber einen Pfennig!"

Das Pferd reißt aus und sprengt feldein,
Der Mähre nach das Junkerlein,
Doch schleppt's ein hinkendes Bein gar schwer,
Drum keucht der Zöllner hinterher:
„Und wieder einen Pfennig!"

Jetzt hält er den Reitermantel fest,
Den ihm in den Händen der Flüchtige läßt;
Des Zöllners Auge sogleich entdeckt
Den Höcker, nicht mehr vom Mantel versteckt:
„Und aber einen Pfennig!"

Was weiter geschah mit dem Junkerlein?
Vielleicht noch sitzt es am Straßenrain,
Und denkt und spricht dem Wandrer zur Lehr':
„Wie leicht ich ein schöner Junker noch wär'!
Freund, zahle deinen Pfennig!"

Verschiedene Trauer.

Ein Mädchen kniet an einem Leichenstein
Und pflanzt daneben eine Pappel ein:
   „Streb' auf zum Aether, schlanker Baum,
   Auch Er flog auf zum Sternenraum.
   Wie meine Hände zum Gebet,
   Sei aufwärts jeder Zweig gedreht;
   Wie meine Augen sternenwärts spähen,
   Soll jedes Blatt nach oben sehen.
   Zu ihm, zu ihm! Empor, empor!
   Rausch' es aus deinem Laub hervor!
   So, Pappel, auf des Grabes Höhen
   Sollst, meiner Trauer Bild, du stehen."

Ein Jüngling kniet an einem Leichenstein
Und pflanzt daneben eine Weide ein:
   „Streb' erdenwärts, du Thränenbaum,
   Auch Sie sank in der Erde Raum;
   Wie meine Zähre auf dieß Grab,
   So schüttle deinen Thau herab;

Wie meine Arme abwärts ringen
Und gern den kalten Sarg umfingen,
Ihr Zweige, so umschlingt dieß Grab.
Zu ihr, zu ihr! Hinab, hinab!
So, Weide, auf des Grabes Höhen
Sollst, meiner Trauer Bild, du stehen."

Der alte Komödiant.

Der Vorhang rauscht und fliegt empor,
Ein alter Gaukler tritt hervor,
Mit Flitter sattsam ausstaffirt,
Sein ehrlich Antlitz roth beschmiert.

Du alter Mann mit dem weißen Haar,
Wie dauerst du mich im Herzen gar,
Der du vorm Grabe gaukelnd springst,
Damit du vom Pöbel ein Lächeln erzwingst!

Ein Lächeln über ein greises Haar
Und über die nahe Todtenbahr'!
Dieß eines Lebens höchster Preis!
Des deinen, armer, armer Greis!

Des Greises Hirn ist schwach und alt,
Der Liebsten selbst vergißt er bald;
Du aber zwängst mit Müh' und Pein
Noch eitlen Floskelkram hinein.

Des Greises Arm ist abgespannt,
Man sieht nur noch die müde Hand
Zum Segen für Kind und Enkel erhöht
Und fromm gefaltet zum Gebet.

Doch deine Hand schlägt fort und fort
Den tollen Takt zu wüstem Wort,
Und all' die Mühe, armer Mann,
Damit der Pöbel lachen kann.

Und schmerzt dich auch dein morsch Gebein,
Ei was, 's ist längst ja nimmer dein!
Du magst wohl weinen, alter Mann,
Wenn nur die Menge lachen kann!

Der Greis sich in den Lehnstuhl setzt,
Ei, wie das seine Glieder letzt!
„Der macht sich's auch bequem, fürwahr!"
So murmelt's spöttisch durch die Schaar.

Mit leisem abgebrochnen Ton
Beginnt er mühsam seinen Sermon.
„Der hält nun auch kein Schlagwort mehr!"
So zürnt es strafend ringsumher.

Der Greis lallt nur manch tonlos Wort,
Die Stimme bebt, es will nicht fort;
Noch ist sein Spruch nicht ganz heraus,
Da schweigt er, als ging sein Athem aus.

Das Glöcklein schellt, der Vorhang sinkt,
Wer ahnt's, daß ein Todtenglöcklein klingt?
Die Menge trommelt und pfeift dabei,
Wer ahnt's, daß ein Leichenlied dieß sei?

Der Alte lehnt im Stuhle todt,
Doch Leben heuchelt der Schminke Roth,
Die auf dem Antlitz blaß und kalt,
Wie eine große Lüge, prahlt.

Sie blieb auf des Alten Angesicht,
Wie eine Grabschrift, die da spricht,
Daß Alles Lug und Trug und Dunst,
Sein Leben, Treiben, seine Kunst!

Sein Wald, gemalt auf Leinwand grün,
Rauscht über sein Grab nicht klagend hin!
Es ist sein ölgetränkter Mond
Um Todte zu weinen nicht gewohnt.

Die Kunstgenossen umstehn den Greis,
Und Einer spricht zu seinem Preis:
„Heil ihm, denn, traun, ein Held ist der,
Der auf dem Schlachtfeld fiel, wie er!"

Ein Gauklerdirnlein als Muse gar
Legt dann dem Greis ins Silberhaar
Den grünpapiernen Lorbeerkranz,
Vom vielen Gebrauch zerknittert ganz.

Zwei Männer sind sein Leichenzug,
Die sind, den Sarg zu tragen, genug;
Und als sie ihn zu Grabe gebracht,
Hat Niemand geweint und Niemand gelacht.

Hausglück.

Der Koboldbauer das ist mir ein Mann!
Sein Boden voll Korn, sein Keller voll Wein,
Sein Holz schön aufgeklaftert im Tann,
Die Rößlein gestriegelt, das Haus so rein,
Die Wintersaat schon längst bestellt,
Die Andern schneiden die Frucht noch im Feld;
Und hat nur Einen Knecht allein!
Das muß ein sondres Hausglück sein!

Der Knecht speist Mittags mit der Katz',
Ein Schüsslein Milch, genug für den Zwerg!
Er liegt ohne Federbett und Matratz'
Im Scheuerneck wie ein Klumpen Werg;
Ein Handschuhdaum ist sein spitzer Hut,
Des Bauers Socken sein Mantel gut;
O möcht' er nur kein Kobold sein!
Doch ruft ihn sein Herr: du Hausglück mein.

Der Bauer einst verreisen wollt',
Hui, Mantel und Hut bringt der Kleine frisch!
„Zum Imbiß ein Hühnchen, dem wär' ich hold,"
Da stand es gebraten auch schon am Tisch!

„Geh, hol’ auf der Weide den Schecken mir,“
Da stampft vorm Thor gesattelt das Thier!
„So lebe wohl denn und hüte fein
Mir Weib und Hof, du Hausglück mein!“

Der Bauersmann war vom Hause kaum,
Schon steigt das verliebte Pfäfflein ringsum;
Der Knecht streut Erbsen im Stiegenraum
Und dreht am Zimmer den Schlüssel um.
Das Pfäfflein glitscht aus und fällt aufs Gesicht,
Das Weiblein Schloß und Riegel fast bricht;
Sie drinnen, er draußen, ein Schelten und Schrein:
O möcht’ im Pfefferland Hausglück sein!

Der Kleine kichert, doch nicht für lang!
Denn Pfaffenlust und Weiberlist
Macht selbst dem schlau’sten Wächter bang,
Wenn er auch der rührigste Kobold ist. —
Der Hausherr kam, fand Alles aufs Best’,
Der Kleine ganz matt sich vernehmen läßt:
„Ein Weiblein zu hüten, welche Pein!
Da möchte der Teufel dein Hausglück sein!“

Zum Bauer schlau der Pfarrherr spricht:
„Thu’ von dir den schnöden Knecht, mein Sohn,
Er ist nicht getauft, wird selig nicht,
Sein Mühn bringt nimmer dir Segenslohn;
Die eigne Hand sei fortan dein Glück!“
Der Bauer aber entgegnet zurück:
„Wenn selber er von mir geht, mag’s sein!
Nicht mag ich verbannen das Hausglück mein.‘

Der Bauer füllt dem Kleinen nicht
Die Schüssel wie sonst, doch hat's nicht Noth,
Der kichert und zieht ein Schelmengesicht,
Er melkt ja die Kuh und bäckt ja das Brod!
Der Bauer grüßt neckend: „Gelobt sei der Christ!"
Da sagt es nicht Amen, aber es niest,
Er taucht in Weihbronn den Zappelnden ein,
Doch kann er nicht los das Hausglück sein.

Da denkt der Bauer: Ich hab's! und faßt
Am Küchenheerd den glimmenden Span,
Die Scheuer, darin sein Knecht schon zur Rast,
An allen vier Ecken zündet er an;
Doch was darin an Getreid' und Stroh,
Auf vollem Wagen entführt er's froh,
Die Scheuer flammt auf in grellem Schein:
„Nun werd' ich doch los mein Hausglück sein!"

Und wie er so fährt feldein fürbaß,
Da hört er, wie's hinter ihm spricht und lacht:
„O Bauerndank, o Bauernspaß!
Zeit war's, daß wir uns davongemacht!"
Er sieht sich um; — gemächlich und breit
Sitzt nickend der Kleine auf dem Getreid'.
O Bäuerlein, o Bäuerlein,
Du sollst nicht los dein Hausglück sein!

Elfenliebe.

Es kam der Lenz, das Bächlein schwoll
Und rauscht' und klang gar wundervoll;
Der Lenz blickt sanft in den Wellenreihn
Und streut all' seine Blüthen hinein.

Und Strömman sitzt inmitten drin,
Die Wellen rauschen flüsternd um ihn,
Er schaukelt sich im Fluthengewühl
Und meistert sein klingend Harfenspiel.

„Schön Elma, willst mein Liebchen sein?
Dir will ich die klingende Harfe weihn;
In Frühlings schönstem Rosenstrauß
Erbaun wir aus Lenzduft unser Haus.

Da will ich singen von Wundern der Luft,
Von Wundern der wogenden Stromesgruft,
Ich will dir singen zu Tag und Nacht
Von herrlichen Wundern, die Liebe vollbracht.

Wir baden uns im Morgenthau,
Wenn er herabperlt auf die Au;
Und küßt sich ein liebend Menschenpaar,
Dann ist ihre Lippe unser Altar.

Und weint ein liebend Menschenpaar,
Die Thräne, die Liebessehnen gebar,
Die Thräne soll dein Spiegel sein,
Und lächelnd blickt dein Antlitz drein."

So sang der Elfenbard' am Quell
Und sang noch oft zur selben Stell',
Und sang nicht umsonst zu Tag und Nacht
Von herrlichen Wundern, die Liebe vollbracht.

Und küßt sich ein liebend Menschenpaar,
Dann schimmern wohl Thränen perlenklar,
Und drin glänzt oft ein lächelnd Gesicht,
Wer kennt nun das lächelnde Antlitz nicht?

Elfenkönig O'Donoghue.

Die Maiensonn' kommt aus dem See gezogen
Wie eine Kön'gin aus des Bades Fluth,
Noch schwimmt der Purpurmantel auf den Wogen,
Sind's glüh'nde Fluthen, ist es flüss'ge Gluth?
Weißbärt'ge Diener dort: die alten Berge,
Sie bringen Goldgeschmeid', der Schönheit Zoll;
Die jungen Hügel hier: dienstfert'ge Zwerge,
Sie stehn, mit Blumen alle Hände voll.

Seht nun, wie's kocht im schäumenden See!
Aufsprüht's, wie stäubende Flocken von Schnee,
Und wühlt, wie mit Rosshuf, sich hervor,
Und glitzert, wie flammende Panzer, empor.

Auf weißem Rosse steigt, im Waffenglanze,
Ein junger Held aus der gespalt'nen Fluth;
Ob auch das Schlachtschwert an den Lenden ruht,
Schlingt doch ums Haupt der Oelzweig sich zum Kranze.
Ob Schild und Panzer sich zum Kriegsschmuck eine,
Spricht Frieden doch die milde Gluth des Blicks,
Und ob er auch der rauhe Kriegsgott scheine,
Ist Schutzgeist er des Friedens und des Glücks.

In kühlen Fluthen, da blüht sein Reich,
An Fried' und Segen ist keines ihm gleich:
Und daß er auch segn' und beglücke die Welt,
Erscheint mit dem Lenz alljährlich der Held.

Vor Allen doch will er die Menschen segnen,
Die seiner stillen Friedensbahn begegnen;
Beglückt, wer ihm ins Auge schauen kann!
Da zündet Lieb' ihr mildes Licht sich an,
Der goldne Friede blickt aus seinen Augen,
Und Elend wandelt sich in blühend Glück,
Der blasse Tod selbst könnte Leben saugen
Und Siechheit Kraft aus seinem Wunderblick.

Hieher, o Freundschaft, den welkenden Kranz!
Rasch sprühn die Blumen im Frühlingsglanz.
O Wehmuth, hieher dein gebrochenes Herz!
Bald schlägt es entfesselt von Sorg' und Schmerz.

Seht seine Schaar in Schneegewändern glänzen,
Von Perlen trieft das weiche Lockenhaar,
Hier bieten Jungfraun goldne Früchte dar,
Dort winken Jünglinge mit Blumenkränzen.
Und überm Wasser singt's wie junge Quellen,
Wenn Rosen singen könnten, wär's ihr Klang;
Ist das ein Frühlingspsalm der jungen Wellen?
Ist's liebestrunk'ner Elfen Zaubersang?

„Hieher, all' ihr Menschen, und hieher den Blick!
O'Donoghue naht und spendet euch Glück;
Die Sonn' ist erglüht, o seht, wie sie blinkt!
Das Glück ist erblüht, o seht, wie es winkt!"

Da hüpft der Gießbach froh in schnellerm Drange,
Fromm blickt das Veilchen blauen Aug's empor,
Zur Sonne steigt ein junger Lerchenchor,
Und Ros' an Rose lehnt die glüh'nde Wange;
In Morgenwolken taucht die Fichte kühn,
In Lilienkronen Diamanten blinken,
Wie Freudenfeuer glühn der Berge Zinken
Und Gräber kleiden sich in Hoffnungsgrün.

Und was sich noch regen und singen kann,
Laut schwebt's im Liedersturme heran;
Ach, aber kein Mensch vernahm den Gesang,
Kein Mensch die weiten Gefild' entlang!

Schon will mit seiner Schaar hinab der Held
Ins Reich des Friedens, in die Heimatwelt;
Noch einmal flammt der Schild, die Panzer glänzen,
Noch einmal scharrt der Rosse Silberhuf,
Noch einmal winkt es mit des Segens Kränzen,
Noch einmal freundlich lockt des Liedes Ruf;
Sieh da, jetzt kann's sein forschend Aug' erspähn:
Ein Menschenpaar auf blum'gen Ufershöhn!

Im Grünen, da ruht ein liebendes Paar,
Das blickt sich ins Antlitz, so innig und klar,
Das blickt sich ins funkelnde Aug' hinein
Und sieht nicht die Welt, sieht sich nur allein.

Der Kranz winkt wieder, — ach, sie sehen nicht!
Gesang ertönt, umsonst, — sie hören nicht!
Der Held blickt segnend auf die Fluren wieder,
Jetzt aber fährt er in die Fluthen nieder,

„Die luft'ge Elfenschaar sinkt tönend ein,
Und ruhig drüber rauscht der Wogen Reihn.
Doch, wo sie sanken, an derselben Stelle
Taucht nun ein Blumeneiland aus der Welle.

Die Liebenden ruhn umschlungen, wie vor,
Nur seliger pochen die Herzen empor,
Der Himmel ist doppelt goldig und licht;
Doch wie es so kam? — sie wissen es nicht.

Ein Märchenerzähler in Irland.

„In Shannon's Fluth, am Feenpalaste,
Ist Gold das Dach und Kristall die Wand,
Die schlanken Säulen sind silberne Maste,
Und jede Scheib' ein geschliffner Demant.
Nun horcht fein auf, ihr Jungen!"

An Shannon's Bord steht, Einsturz drohend,
Ein Bau von Erde, wie für den Dachs
Am Boden ein Bündel Reisig lohend,
Da wohnt der arme Pfeifer des Sacks.
Und weiter erzählt er den Kindern:

„Holdselige Fee aus Königsgeschlechten!
O Schönheit von Erins Blut und Schlag!
Schwarz ist ihr Haar, wie sein Himmel in Nächten,
Blau ist ihr Aug', wie sein Himmel am Tag.
So seid doch still, ihr Jungen!"

Sein krankes Weib, in Lumpen zerrissen,
Besänftigt schwer den Säugling, der schreit;
An Mutterbrüsten schon darben müssen!
Entbehrung fürs Leben lernt er bei Zeit!
Und weiter fährt der Spielmann:

„Und Elfenkinder, rothwangige Kleine,
Gar liebliche Pagen, dienen der Fee,
Ihr Wort ist Gesang, wie des Vogels im Haine,
Ihr Leib ist Glanz, wie der Weihnacht Schnee.
So haltet Fried', ihr Jungen!"

Am Schopfe zerrt der rothköpfige Harry
Den pockennarbigen Jack, wie im Krampf,
Dazwischen heult die schielende Mary;
Um eine Kartoffel ein Zwergenkampf!
Und weiter fährt der Alte:

„In ewiger Jugend der schönste Ritter
Der holden Fee zu Füßen sitzt,
Von selbst ertönt ihm zur Seite die Zither,
Er schlummert, auf ihren Schooß gestützt.
Was stöhnt ihr nun, ihr Jungen?"

Ein Schnarchen der Kinder um die Wette!
Nach hitzigen Schlachten Waffenruh!
Der Pfeifer selbst auf die harte Stätte
Sinkt todesmatt, als sänk' er zur Truh',
Und fällt in Schlaf und Träumen:

Er ist verwandelt! Er selbst der Ritter,
Der zu den Füßen der Feie sitzt!
Von selbst ertönt ihm zur Seite die Zither,
Er schlummert, auf ihren Schooß gestützt,
Schlägt auf zu ihr die Augen:

„Holdselige Fee, das war ein Bangen!
Welch böser Traum! Noch bebt mein Leib!
Die sanften Elfen unbändige Rangen!
Ein Bettler ich, du ein häßlich Weib,
Ein Dudelsack die Zither!

Gottlob, daß ich nun Wahrheit schaue,
Der Alpdruck bösen Traums verging!
Wahrheit ist dein Aug', das süße, blaue,
Wahrheit am Tisch Rostbeef und Pudding,
Wahrheit ja Ale und Porter!"

Wie er an ihren brennenden Lippen
So selig des schnöden Traums vergißt!
Wie schwelgt und praßt er! Kein halbes Nippen!
Ein voller Zug, der ganz genießt
Die herrlichen Feengaben!

Der eiserne Mann.

Der Sieger, ganz in Eisen,
Tritt ins ersiegte Land,
Er will noch lang ihm weisen
Die harte, eh'rne Hand.

Geharnischt ist der Wilde
Bis an die Zähne schier,
Mit Schienen, Helm und Schilde,
Mit Panzer und Visir.

Den breiten scharfen Degen
Fest um den Leib geschnallt,
So wallt in Blüthengehägen
Die starre Schreckgestalt.

Es rasseln die Erzgewande,
Wo Quell und Lerche singt,
Und Eisen bringt er dem Lande,
Das goldnen Segen ihm bringt;

Das ihm nun tritt entgegen
Im grünen Frühlingskleid,
Das rings auf seinen Wegen
Ihm Blumen aufgestreut.

Er hebt im Stahlgewande
Den Kelch mit Wein gefüllt,
Der ringsherum im Lande
Von sonn'gen Hügeln quillt;

Er tränke gern vom reinen,
Da hemmt ihn sein Visir,
Ein Mundkorb will's ihm scheinen;
Da löst er die läst'ge Zier.

Er steht im Kleid von Eisen,
Wo Tanzmusik erklingt
Und in des Landes Weisen
Jedwede Sohle beschwingt;

Auch ihn will's drehn und regen,
Doch zwischen die Beine schlägt
Ihm rasselnd der lange Degen,
Bis er zur Seit' ihn legt.

Er drückt im Stahlgewande
Ans Herz die schönste Maid,
Wie manche hier im Lande
Der Rosen und Reben gedeiht;

Er wünscht, auch sie empfände
Des Herzens Schlag und Brand;
Da schnallt er vom Leibe behende
Des Panzers Scheidewand.

Und zwischen Viol' und Rose
Legt Nachts er sich zur Rast,
Weich sind des Lagers Moose,
Hart seiner Rüstung Last;

Was ihm an Arm und Hüften
Noch blieb von Erz zurück,
Er will's vom Leib sich lüften,
Er löst es Stück für Stück.

O Wunder um die Wette,
Die drauf der Morgen erhellt:
Den Sieger fesselt die Kette,
Entwaffnet ist der Held!

Da liegt er auf Blumen gebettet,
Womit das Land sich schmückt,
Von Rebgnirlanden gekettet,
Von Rosenfesseln umstrickt!

Und wie durchs Kerkergitter
Durch grünes Astwerk dicht,
Blickt der gefang'ne Ritter
Zum Himmel, frei und licht!

Des Klephten Gaben.

Heimwärts kam ein Klephte aus dem Kampfe,
An die Brust sinkt ihm die treue Gattin,
Und zwei Knaben frisch und freudig rufen:
„Gott grüß', Vater! dachtest du auch unser?"
Doch das dritt' und kleinste in der Wiege
Streckt die zarten Händchen ihm entgegen.

Und er spricht zum Knäblein in der Wiege:
„Armer Schalk, mich dauert deine Blöße,
Brachte Stoff, zu decken deine Nacktheit,
Mütterchen soll Windeln draus dir schneiden."
Zog aus dem Tornister einen Turban.

Dann zum zweiten sprach er lächelnd also:
„Gern, ich weiß es, spielst du mit dem Balle,
Habe dir gebracht drei runde Bälle,
Bring' viel solcher Bäll' einst deinen Söhnen
Und hoch in die Lüfte laß sie fliegen!"
Und er zog heraus drei Türkenschädel.

Küßt dann auf die Stirn den dritten, ält'sten,
Schnallt ein blankes Schwert ihm um die Lenden,
Hängt ihm eine Büchse auf die Schultern,
Also sprechend: „Auf, wir ziehn zusammen!
Freut, ihr Andern, euch auf unsre Rückkehr!
Doppelt wiegt die Beute, die wir bringen,
Windeln für die Kinder von zehn Dörfern,
Bälle für die ganze Nachbarschaft."

Drei Farben.

„Drei der Farben lieb' ich innig, inniger als Leib und Gut,
Wärmer als das Licht der Augen, wärmer als des Herzens Blut!

Weiß die erste war der Farben: meines Vaters Silberhaar;
Roth die zweite war aus ihnen: meiner Liebsten Wangenpaar;

Dritte war: das Grün der Fluren, deiner Fluren Festgewand,
Deiner Berge schöner Mantel, Hellas, süßes Vaterland!

Alle drei hast du vernichtet, gottesräub'rischer Barbar!
Hast erwürgt den süßen Vater und zerrauft sein greises Haar!

Hast gefesselt die Geliebte, bleichend ihrer Wangen Roth;
Hast des Landes Grün zertreten, säend Moder drauf und Tod!

Treu doch lieb' ich noch die Farben, inniger als Leib und Gut,
Wärmer als das Licht der Augen, wärmer als des Herzens Blut!

Weiß die erste: nun zwei Lilien, die an jenen Gräbern blühn,
Wo die Hüllen meiner Lieben rasten von des Lebens Mühn.

Roth die zweite: toller Mörder, dein und deines Volkes Blut!
Dritte ist das Grün des Rasens, unter dem mein Herz einst ruht.“

Also sprach der Heldenjüngling, stehend an der Seinen Grab,
Eine Thräne — wohl die letzte — perlt auf ihr Gebein hinab.

Rings Entsetzen der Vernichtung! rings des Mordes Schreckensbild!
Todesmuthig stürzt der Kämpfer hin auf Hellas' Blutgefild.

Fallend ahnt der Sohn der Freiheit, was einst seiner Liebe Preis,
Wie auf seinem Grabeshügel bald sich eint der Farben Kreis:

Auf des Rasens Grün strömt röthend Türkenblut in reichem Lauf,
Und im nächsten Frühlingsstrahle blüht die weiße Lilie drauf.

Das Land der Freiheit.

Es schlief ein Greis auf Hellas' Feld, wo man die Schlacht geschlagen,
Er schlief wohl an zehn Stunden schon, seit ausgetobt der Schlachtlärm,
Und wer den grauen Schläfer sah, seufzt: Friede mit den Todten!
Doch jetzt erhebt der Greis sein Haupt, reibt sich den Schlaf vom Auge.

Es liegt ein stiller See vor ihm mit purpurrothen Wellen.
„Du ebner See," so lispelt er, „wie friedlich fließt dein Wasser,
Wie glühen deine Wellen all' so schön im Morgenrothe!
So hehr erglänzt das Frühroth nur im goldnen Land der Freiheit!"

Viel hundert Männer lagern rings am Strand des Sees und schlafen.
„Du sel'ge Schaar, wie schläfst du süß im freien Himmelssaale!
Nicht scheinest du des Wüthrichs Ruf, nicht Räuberschwert zu fürchten;
So sicher, traun, und friedlich schläft sich's nur im Land der Freiheit!"

Und neben ihm, im grünen Gras, da ruhn zwei holde Kinder,
Zwar regungslos, doch halten sie sich treu und fest umschlungen.
„O schönes, zartes Blumenpaar, umkos't vom Hauch der Liebe!
Solch süße, heil'ge Liebe lebt nur in dem Land der Freiheit!"

20*

Es neigt gar mild sich über ihn ein lieblich Frauenantlitz;
Sein müdes Silberhaupt ruht sanft im Schooß des schönen Weibes.
„Auf solchen Kissen schläft man nur im schönen Land des Friedens
Und solche Engel wachen nur im goldnen Land der Freiheit!"

Er lispelt's leis und senkt das Haupt und schließet still das Auge,
Und nimmer öffnet es der Greis, erhebt nie mehr das Antlitz.
O armer und doch sel'ger Greis, o schlafe fort und träume!
Erwache nie, daß Keiner dir, was du gesehn, je deute!

Nicht glüht der See vom Frühroth, nein, vom Blute deines Volkes!
Die Schläfer — deine Brüder sind's — erwachen nimmer wieder!
Die Kinder — deine Enkel sind's — die starben Hungertodes!
Das Frau'nbild — deine Tochter ist's — weint über deiner Leiche!

Rosenhaida's Untergang.

Das Dörflein Rosenhaida
Lag mitten im Wiesengrün,
Viel duftige, glühende Rosen
Sah man auf der Wiese blühn.

Da kam einst aus dem Dorfe
Ein dicker Bauersmann;
Er wetzte seine Sense
Und hub zu mähen an.

Er mähte Gras und Rosen, —
O laß die Rosen verschont!
Bedenke, daß dahinter
Gar oft die Schlange wohnt!

Er mähte Gras und Rosen,
Da zischte die Schlang' auf ihn,
Ihr Gift traf ihn zu Tode,
Zur Erde taumelt er hin.

Der Pfarrer von Rosenhaida,
Mit Stol' und Chorgewand,
In heiligem Seeleneifer
Kam schnell herbeigerannt.

Ach, wie die Stirn ihm triefet!
Ach, wie sein Athem keucht!
Er rennt durch Dorn und Stoppeln,
Sinkt um, stöhnt und erbleicht.

Die Bauern von Rosenhaida,
Die liefen eilig herbei
Und taumelten vor Schrecken
Zu Boden nach der Reih'.

Die Wittwen zu Rosenhaida,
Die weinten Tag und Nacht,
Bis sie der Todesengel
Zu ihren Männern gebracht.

Die Waisen zu Rosenhaida,
Die rangen die Händlein drob,
Bis sie der Vater der Waisen
Zu sich empor auch hob.

Der Küster von Rosenhaida
Sang nun ihr Seelenamt,
Bis ihm vom vielen Singen
Zuletzt die Lung' erlahmt.

Als er's dem Letzten gesungen,
Ging ihm der Athem aus;
Wer wird ihm seines singen,
Wer bringt den Alten nach Haus?

Es blieb der Todtengräber,
Doch der kam nun uns Brod;
Verloren alle Kunden!
Da starb er den Hungertod.

Oed' ist's in Rosenhaida,
Wüst stehn die Häuserreihn,
Die Mauern brechen zusammen,
Die Dächer stürzen ein.

Gemähte Rosen haben
Solch Unheil einst gebracht; —
Ihr, die ihr mäht auf Wiesen,
Gebt auf die Rosen Acht!

Nun trauert Rosenhaida
In Schutt und Trümmern dort,
Doch auf der Wiese draußen
Blühn lustig die Rosen fort.

Sankt Hilarion.

Auf Cypern ist es Lesenszeit,
Der Jubel jauchzt von den Hügeln weit!

Vor seinem Weinberg steht ein Mann,
Sieht all die Fülle behaglich an,
Die Rebenreihn voll blauer Frucht,
Fast bricht den Stock die süße Wucht,
Die durstigen Schläuche, trunkbereit,
Die Kufen und Krüge weithin gereiht,
Denkt heimwärts auch an sein Töchterlein,
Ihm geboren vor der Tage drei'n:
Das macht, daß über sein Angesicht
Es leuchtet wie freudiges Sonnenlicht.

Und aus der bauchigen Krüge Schaar
Wählt er die größten, wohl fünfzig Paar:
„Ihr Wänste, zecht mir vom köstlichsten Wein,
Bald sollt ihr wie Todte begraben sein.
Im Erdengrunde da gährt und ruht,
Eint Altersmilde mit Jugendgluth,

Bis jenes Bäumlein am Waldessaum
Einst ragt als schlanker Palmenbaum,
Bis in der Wiege mein Mägdlein traut
Einst ragt und blüht als liebliche Braut.
Dann aber heraus aus dem Erdenschrein,
Aussteuer und Hochzeitsgäste zu sein;
Dann wallet aus Licht und füllet hold
Die Herzen mit Lust, die Kisten mit Gold!"

Da wandelt, des Gottessegens froh,
Vorbei des Weges Hilario.
Der Herr des Weinbergs zu ihm spricht:
„O seht rings Fülle, Glanz und Licht,
Daß fröhliches Aug' und Herz zum Fest
Dem Frömmsten selber nicht übel läßt!
Drum seid, eh' der Winzer die Traube faßt,
Zur Vorkost morgen mein lieber Gast,
Und da die Freude nicht gern allein,
Laßt etliche Freunde mit euch sein."

Des Morgens im Weinberg steht der Mann,
Schon schreitet Hilarion hinan,
Doch hinter ihm wallt's von Schritten schwer,
Ein Menschenschwarm ist's, ein ganzes Heer!
In Talaren schwarz, in Kutten braun,
Bedächtig, ehrwürdig anzuschaun,
Goldkreuz an der Brust und Skapulier,
In Händen Rosenkranz oder Brevier:
Dem Manne scheint's, auf den Beinen sei
Die ganze heilige Clerisei.
Drauf lockig rothwangiger Kinder Zahl,
Die Hoffnung des Staats, der Schulbank Qual,
Das schäkert und balgt sich, als wäre heut
Die Mähr vom Pygmäenkrieg erneut.

Dann schreitet ein Zug gar bunt geschaart
In Farben und Stoffen jeder Art,
Der Ein' im Faltenwurf stolz geputzt,
Der Andr' im Wamms schlicht zugestutzt,
Goldketten und Stab von Elfenbein,
Schnappsack und Knotenstock zwischendrein,
Die ganze Bürgerschaft ist da
Der guten Stadt Nicosia!
Noch wogt es unabsehbar heran.
Wie's glitzert und funkelt im Thalesplan
Von Helmen bunt, von Schwertern hell,
Von Panzern blank, von Gewändern grell,
Geschwader von Reitern traben in Reihn,
Legionen von Fußvolk hinterdrein!
Dem Manne däucht, es marschire zur Schlacht
Des Kaisers sämmtliche Heeresmacht,
Es sei um seinen Weinberg gebannt
Der ganze Lehr=, Nähr= und Wehrestand.
Doch ist dieß nur, er merkt es schon,
Mit etlichen Freunden Hilarion.
Das macht, daß jenem vom Angesicht
Fortzieht das freudige Sonnenlicht.

Und als es nun ans Kosten ging,
Zu tief, zu hoch kein Träublein hing;
Der keltert im Helm den süßen Most,
Der stopft die Kaputze mit Traubenkost,
Heimdenkt ein Dritter an Weib und Kind
Und füllet die Tücher und Taschen geschwind,
Bis man im Weinberg nur hier und da
Manch Beerlein an dürren Kämmen noch sah:
Wo Tagwerk für hundert Winzer gnug,
Gibt's Arbeit kaum für Zwei mit Fug.
Des Weinbergs Herr läßt's geschehen sein,

Denkt heimwärts still an sein Töchterlein;
Das macht, daß um sein Angesicht
Fast trübe sich's, wie ein Wölklein, flicht.

Auf des Berges Gipfel Hilarion stand,
Gen Himmel gewendet Aug' und Hand;
Um sein Antlitz quoll ein sonniger Glast,
Von den Fingern ihm funkt's wie Phosphor fast:
„O Herr, dein Wille kann's nicht sein,
Daß, wer Andre tränkt, verdurste allein,
Daß dessen eigenes Kind verwaist,
Der fremde Kinder gelabt, gespeist;
Drum öffne des Segens Schlenßen, wir flehn,
Laß deine Engel geschäftig gehn,
Berühre des Weinstocks Auge lind,
Wie Christus die Wimpern dem blinden Kind,
Erfülle die dürren Stengel mit Saft,
Wie Lazarus' Leiche mit Lebenskraft,
Und schwelle die lechzenden Krüge an,
Wie du auf Kana's Hochzeit gethan,
Mit köstlichem Born, der, eingedenk
Des göttlichen Ursprungs, die Durst'gen tränk',
Mit deinem Lichte die Häupter erfüll',
Mit deiner Milde die Herzen umhüll'!
Und nun, ihr Winzer, wohlan getrost,
Nun pflückt die Trauben und keltert den Most!“

Sie gehn ans Werk mit saurem Gesicht,
Schwer drücken werden die Körbe sie nicht;
Sie denken, die Predigt war nicht schlecht,
Mehr Trauben aber wären auch recht!
Doch seltsam geht's den Winzern her,
Die dürren Kämme wiegen so schwer,
Noch hie und da in Blättern versteckt

Manch Träublein schalkisch die Suchenden neckt,
Und wie sie das Laub hinweggedrängt,
Dahinter noch Traub' an Traube hängt;
Zuweilen scheint's, sie schnitten vom Stab
Dieselbe Traube schon zwölfmal ab,
Bis Kufen und Schläuche vollauf versorgt
Und Nachbar dazu noch die seinen borgt.
Der Gastfreund vergräbt die Krüge von Stein,
Statt hundert müssen's dreihundert sein;
Das macht, daß auf sein Angesicht
Heimkehrt das freudige Sonnenlicht.

Und zu Hilarion spricht er so:
„Obleibt des Gottessegens froh,
Bis wir die Krüg' einst graben zu Tag,
Dann seid mein Gast zum Festgelag,
Und da die Freude nicht gern allein,
Laßt etliche Freunde mit euch sein!"

Lubomirski.

Schweigend durch der Straßen Leere
Zog Fürst Sobieski ein,
Der zerstäubt der Türken Heere,
Treues Wien, dich zu befrei'n!

Schweigend Polens Edle zogen,
Hoch zu Roß um ihren Herrn,
Wie ein farb'ger Regenbogen
Um den hellen Abendstern.

Trüber Sieg voll Bruderleichen!
Perle, deren Taucher sank!
Erntefest nach Hagelstreichen,
Ohne Lied und Tanz und Schwank!

Schweigend reiten die Genossen:
Nur den Winkeln eines Munds
Will schon Lust und Scherz entsprossen,
Frühe Blumen üpp'gen Grunds!

Lubomirski war der Reiter,
Dessen Auge nie geweint,
Immer wolkenlos und heiter,
Wie die Sonn' im Süden scheint.

Jeden Schmerz konnt' er verscheuchen
Durch ein lustig Zauberwort,
Wie das bleiche Haupt der Leichen
Man mit frischem Kranz umflort.

Jedem Unheil konnt' er wehren,
Froher Sinn es sanft bezwang,
Wie zum Tanz den Grimm des Bären
Wandelt der Masurka Klang.

Er begrüßt die wohlbekannten
Straßen rings, die Hochschul' dort,
Der ihn einst die Eltern sandten
Als der Weisheit sichrem Port.

Und er ward ihr treu'ster Jünger,
Doch, wie's eben kommen mag,
Auch des Tanzsaals bester Springer,
Erster Zecher beim Gelag.

Aber jetzt rings Trümmermassen,
Schutt und Asche, blutbenetzt,
Blickend über Plätz' und Straßen
Spricht der Polenjüngling jetzt:

„Schönes Wien, wie arg zerschossen!
Fast zu kennen bist du nicht,
Wie wenn Pockengift durchsprossen
Eines Bräutchens hold Gesicht.

Leer an Gästen deine Schenken,
Frohsinns Tempel schön'rer Zeit!
Ungestört in leeren Bänken
Lehnt jetzt Göttin Einsamkeit.

Statt des feurig goldnen Nasses
Mild erwärmend Herz und Leib,
Quillt aus dem Versteck des Fasses
Jetzt der Wirth mit Kind und Weib.

Weinlaubkranz! An leere Fässer
Sei kein Durstiger geneckt!
Zierst mein junges Haupt viel besser,
Das manch lust'gen Gast dir heckt!

Fiedler, Pfeifer, Lautenträger,
Laßt ihr ohne Klang uns ziehn?
Zitherspieler, Hackbrettschläger,
Lustig Volk, wo seid ihr hin?

Manches Stücklein auf den Schanzen
Aufzuspielen frisch es galt!
Drum, käm' heut uns Lust zu tanzen,
Fehlt' uns manch ein Spielmann bald.

Wo ein Musikant begraben,
Strauchelt jeder Fuß im Troß;
Wirft nur drob nicht in den Graben
Sprüchwortskundig mich mein Roß!

Göttlich war's, zu schwärmen nächtlich
Diese Straßen aus und ein,
Sich halb taumelnd, halb bedächtlich
Vollern Lebensquells zu freun!

Wer mag jetzt bei Nacht durchwallen
Dieses Friedhofs Schutt und Stein,
Arm und Bein sich dran zerfallen
Und die Nase rennen ein?

Hohe Schule, deine Hallen
Sind gesperrt, verrammelt gar,
Thatest nie mir den Gefallen
Sonst, als eben recht mir's war!

Nehmt, ihr grasbewachs'nen Thüren
Oeden Säle, meinen Gruß!
Wo Karthaunen laut dociren,
Wohl die Weisheit schweigen muß.

Musensöhne, statt zu plagen
Euch da drinnen mit Latein,
Habt ihr euch gut deutsch geschlagen
Draußen auf dem Wall im frei'n!

Dort zum vierten Stockwerk lange,
Doch umsonst mein Auge blickt,
Ob, wie einst, vom Fensterhange
Lieblich nicht mein Röslein nickt?

Steil zu klimmen war's zur Rose,
Blühte etwas hoch, fürwahr!
Ei, es war die schöne, lose
Wohl ein Alpenröslein gar!

Mußt' ihr zart Gesicht erblassen?
Schmückt sie eine andre Au?
War der Sturm, der diese Straßen
Durchgefegt, ihr nicht zu rauh?

Schönes Wien, leg' ab die Trauer,
Nicht zum Weinen taugt dein Blick!
Trag' auf deine Trümmermauer
Das Panier der Lust zurück!

Sangvoll wiegend im Behagen
Ueber dir im Sonnenschein
Will ich nach so trüben Tagen
Deine erste Lerche sein!

Deines blätterlosen Haines
Erstes Zweiglein, grün und hell,
Deines Schutt= und Felsgesteines
Erster, freud'ger Springequell!"

Also sprachst du, heitrer Pole;
Längst vermodert ist dein Herz,
Längst schon hob aus Schutt und Kohle
Wien das Antlitz sternenwärts.

Sieh, voll Rosen auf und nieder
Jeglich Stockwerk jetzt und Haus!
Denn die Rosen und die Lieder,
Heißt es, gehn in Wien nie aus.

Straßen blinkend voll Paläste,
Keller voll von süßem Wein,
Schenken voll Musik und Gäste!
Darfst um uns besorgt nicht sein.

Doch zur Ferne sieh, nach deinem
Armen, schönen Vaterland,
Und du lernst im Grab das Weinen,
Das du lebend nie gekannt.

Das Musikantendorf.

Es blinkt ein Dörflein in Böhmens Land,
Drin, was da lebendig, ein Musikant;
Verkehrte Schwalben, im Lenz entflogen,
Sind jetzt im Herbst sie heimgezogen.

Du meinst die Nachtigallen der Welt
In Einem Busch hier alle gesellt.
Du meinst, es müssen hier tausend Quellen
Zu Einem melodischen Strome schwellen.

Horch, lieblich spielt hier im Erdgeschoß
Ein Stück zur Geige der Virtuos;
Aufs Jahr durchklingt's der Länder Weite,
Glückseliger, dich entzückt's schon heute!

Doch furchtbar jetzt aus dem Nebenhaus
Braust polterndes Paukengewirbel heraus;
Dein Ohr, es glich dem Knappen im Schachte,
Auf den ein Bergsturz zusammenkrachte!

Horch, drüben flötet's so süß und rein,
Und wiegt in gaukelnde Träume dich ein,
Doch hier der Trompeten Schmettern und Krachen
Sorgt für dein zeitliches Wiedererwachen.

Horch, Mädchenstimmen so lieblich und hehr,
Dein Ohr durchschifft des Wohllauts Meer!
Am Brummbaß hat der Nachbar Behagen,
Vom Sturm, ach, wird dein Schifflein verschlagen!

Horch, Waldhornklang! Wie herrlich er schallt!
Dir säuselt der duftige grüne Wald;
Doch dort des Dudelsacks Surren und Summen
Dich mahnt's, daß in Wäldern auch Bären brummen!

Hier flüstert der Guitarren Erguß
Von Rosenlauben und heimlichem Kuß;
Dort braust aus dem Haus der Klang der Fagotte,
Wie von Betrunkenen eine Rotte.

Der übt auf dem Klarinett sich ein,
Der will ein Meister am Hackbrett sein;
Dort stürzt vom Fenster Posaunenschall nieder,
Wie eines Verzweiflers zerschmetterte Glieder.

Jed' einzelner Ton klingt gut und rein,
Doch will kein Einklang Aller gedeihn,
Wie die zerhauenen Glieder der Schlangen
Sich winden und nie zusammen gelangen.

So heult's durcheinander und wimmert und dröhnt
Und ächzt und schnurrt und pfeift und stöhnt,
Als säßen im Chor des Mißlauts Geister,
Als wäre Satan Kapellenmeister!

Du fliehst und suchst vor dem Thore Ruh
Und fühlst, es dachten die Vögel wie du,
Die Schwalben und Störche, die auch entflogen,
Weil heim die Musikanten gezogen. —

Doch wenn der Schnee zu schmelzen begann,
Dann wallt aus dem Dörflein Weib und Mann,
Die wollen ostwärts, die westwärts wandern,
Nach Süden die Einen, gen Norden die Andern.

Vereint, was getrennt zu Hause war:
Dort drei, hier ein Pärlein, dort eine Schaar,
Wie des Wohllauts Geist sie zu Kränzen reihte
Und, Blumen gleich, durch die Lande streute!

Das kommt dem Dörflein auch eben recht,
Drin musizirt der Lerchen Geschlecht,
Frau Schwalbe kommt herbeigeflogen,
Herr Storch ist auch wieder eingezogen.

Die Spiellent' grüßen manch fernes Land,
Sind üb'rall willkommen und wohlbekannt,
Finden üb'rall offene Ohren und Hände
Und schäumende Becher und Beifallsspende.

Da hat jeder Busch seine Nachtigall
Und jeder Fels seinen Wasserfall,
In allen Wäldern die Vögel singen,
Durch alle Thäler die Quellen springen.

Junggesellentod.

Der unbeweibte Ritter liegt
Im Sterbepfühl voll Gram,
Kein Weib sich weinend an ihn schmiegt,
Kein Sohn um Segen kam.

Im Vorgemach der Mägde Schaar
Flicht mit Gesang den Kranz,
Zu schmücken seine Todtenbahr'
Mit reiner Lilien Glanz.

Da faßt den Ritter herbes Weh:
„O daß ich hier allein,
Der letzte meines Stamms, vergeh'
Und sink' ins Nichts hinein!

Es sproßt der Baum, vermodert schon,
In Sam' und Wurzeln fort!
Die flücht'ge Wolke ist der Sohn
Des Stroms, im Sand verdorrt!"

Da reicht der Schloßkaplan zum Kuß
Ein Demantkreuz ihm dar:
„„Dieß Kreuz schickt Hedwig euch zum Gruß,
Die meine Mutter war.""

„Und wenn dir Hedwig Mutter heißt,
Nenn’ ich lieb Söhnlein dich!
Es senke tief in deinen Geist
Der Segen Gottes sich!

Dieß Schloß mit Burgkapell’ und Wart’,
Als Erbtheil fall’s dir zu:
Nicht mit Gebet und Meß’ gespart
Für meiner Seele Ruh’!“

Ein Röslein von Rubinen rein
Beut ihm des Gärtners Hand:
„„Frau Adelheid, mein Mütterlein,
Entsendet euch dieß Pfand!““

„Ist Adelheid dein Mütterlein,
Mir an die Brust, mein Kind!
Ins Herz und auf die Blumen dein
Fleuß’ Gottes Segen lind!

Dir schenk’ ich Garten, Wies’ und Hain
Und dort das Winzerhaus;
Du sorgst wohl, daß auf meinem Stein
Nie gehn die Blumen aus.“

Es trat sein Page drauf vor ihn
Mit einem Ring von Gold:
„„Dieß schickt euch Mutter Melusin’,
Ob ihr’s erkennen wollt?““

„O Melusinens Sohn, sei mir
Mein liebstes Kind genannt!
Gott’s Segen stähle für und für
Dir Brust und Mark und Hand!

Das schönste Rößlein, das mich trug,
Mein bestes Schwert sei dein:
Das trägt noch meinen Namenszug,
Führ's würdig dein und mein."

Da rauschen Tritte vor dem Schloß,
Da hört er Kinderschrei:
„O Gott, dein Segen ist zu groß!"
Da bricht sein Herz entzwei.

Dem Glockenklang, dem Sarge nach
Viel Volk man wallen sah,
Des Ritters Wappenschild zerbrach
Des Kaisers Herold da.

Am Sarg der Junggesellenkranz,
Bevor er sinkt zur Gruft,
Grüßt in gar wunderseltnem Glanz
Noch Berg und Thal und Luft.

Drei Wanderer.

Es ziehn drei Gesellen ins Weite hinaus,
Es litt sie nimmer im engen Haus;
Ein jeder doch nahm was Liebes mit sich,
Das hegt' er und pflegt' er gar inniglich.

Der Erste ein wackerer Goldschmied war,
Der trug ein Ringlein aus Liebchens Haar,
Das hatt' er gefaßt in Gold und Stein
Und ihren Namen gegraben darein.

Der Zweite ein herrlicher Maler war,
Der trug ein Bildniß gar wunderbar,
Es war des Liebchens lächelndes Bild,
Das trug er auf seinem Herzen als Schild.

Ein Dichterjüngling der Dritte war
Mit blühendem Antlitz und güldnem Haar,
Trug Bild und Namen im Herzen sein,
Manch schönes Lied noch obendrein.

Und wie sie einst sehn in den Strom hinab,
Sinkt's Ringlein des Ersten ins Wellengrab;
Und wie sie einst stehen auf hohem Thurm,
Da raubt das Bildniß des Zweiten der Sturm.

Die Beiden ringen die Hände sich wund,
Doch jubelnd tönt des Dichters Mund;
Trägt Namen und Bild ja im Herzen sein,
Manch schönes Lied noch obendrein.

Der Weidenbaum.

Welch ein Blühen, Duften, Quellen
In des Königs Artus Garten!
Früchte aller Zonen schwellen
Zwischen Blüthen aller Arten.

Nur am Teiche eine Weide
Steht gebeugt in stummer Klage,
Wie versenkt in tiefem Leide,
Daß sie nicht auch Früchte trage.

Die gelösten Haare fallen
Nieder ihr, ein grün Verstecke,
Dran die Kön'gin fand Gefallen
Und auch Lanzelot, der Kecke.

Auf dem Baum sitzt jetzt der König,
Im Gezweig sich wohl versteckend,
Sein gesalbtes Haupt ein wenig
Allzuweit hervor nur streckend.

Traun, das hat er fein ersonnen!
Hier will er das Paar belauschen,
Denn, so hört' er, hier am Bronnen
Pflegt es Kuß um Kuß zu tauschen.

Sieh, die Kön'gin naht der Stelle;
Doch sie sieht die Weide prangen
In dem Widerschein der Welle,
Und die seltne Frucht dran hangen.

Ha, zu ihr zu lagern wagte
Sich schon Lanzelot im Moose;
Aber schlau zum Ritter sagte
Laut Ginevra jetzt, die Lose:

„Seht die Weid' im Teiche strahlen,
Lenkt das Aug' drauf, doch genaue;
Ob euch's nennt der Blätter Zahlen?
Ob es Früchte dran erschaue?

Eher trägt wohl Frucht die Weide,
Eh' zählt ihr der Blätter Masse,
Als ich breche Lieb' und Eide,
Meinen Herrn und Gatten lasse.

Wie die Weid' auf Wellentänzen,
Ruht sein Bild in meinem Herzen,
Und ich will's mit Liebe kränzen,
Wie ihr's schirmt mit Stahl und Erzen!“

Drauf der Ritter: „Ha, wie zeigen
Wellenspiegel doch genaue,
Daß sogar ich in den Zweigen
Hoch ein nistend Vöglein schaue.

Eh' wird Mensch dieß Vöglein werden
Und in Menschenworten sprechen,
Als dem König je auf Erden
Pflicht und Treu' ich könnte brechen.

So ist unserm Bund die Weihe
Für des Königs Heil beschieden:
Schützt im Kampf ihn meine Treue,
Schmückt ihn eure Lieb' im Frieden."

Artus nickt als wangenrother
Apfel froh aus Zweigeshallen,
Und fast vor Entzücken droht er
Ueberreif vom Baum zu fallen.

Spät im Zwielicht, müden Leibes,
Stiehlt er heimlich sich nach Hause;
Die Verleumder seines Weibes
Sperrt er tief in Thurmesklause.

Und du darfst nun nimmer klagen,
Schöne Weide, da du heute
Frucht von seltner Art getragen,
Dran sich manches Herz erfreute.

Der Grenzsoldat.

Am Pestkordon der Grenzsoldat
Mit der Muskete steht,
Jenseits des Stroms auf blum'gem Pfad
Das Türkenmädchen geht.

Dazwischen hin die Donau zieht,
Dem Strom des Todes gleich,
Der Sel'ge und Lebend'ge schied
Und Erd- und Geisterreich.

Was drüben blüht, was drüben strebt,
Ist für die Andern hie,
Als wär's verwelkt längst und verlebt
Oder geboren nie.

Die Blumen, die dort drüben stehn,
Sie sind so fern für ihn,
Als hab' er sie im Traum gesehn
Im Himmelsgarten blühn.

Die goldnen Früchte, die gedrängt
Der Fruchthain drüben beut,
Für ihn sind sie wie aufgehängt
Im Hain der Ewigkeit.

Die Türkenmaid, die dort entlang
Des schönen Stroms lustwallt,
Für ihn wallt sie der Todten Gang
In eines Geists Gestalt.

Das Leuchten ihrer Augen quillt
Durch weiße Schleier vor,
Ihm sind's nur Sterne, schimmernd mild
Aus weißem Wolkenflor.

Da faßt der Sehnsucht tiefe Macht
Des jungen Kriegers Herz,
Wie's zieht in stiller Vollmondnacht
Den Wandrer sternenwärts.

Fast meint er einen Blick zu thun
In fernes Geisterland,
Wenn nicht ganz andre Bilder nun
Gar irdisch ihn gemahnt!

Auf raschem Pferd der Spahi Zahl,
Die dort vorüberbraust,
Daß Staubgewölk und Säbelstrahl
Und Hufblitz sie umsaust!

Der Aga, der im Moosdivan
Am Strand die Pfeife raucht,
Die als Musketenrohr hinan
Des Friedens Salven schmaucht!

Da stampft die Flinte der Soldat
Zum Grunde unmuthvoll,
Daß aus dem Boden am Gestad'
Ein banges Dröhnen scholl!

„O daß ich steh' bei rüst'gem Leib
Hier todt als Grenzepfahl!
Wie ein alt Krankenwärterweib
Vor einem Pestspital!

Die Brücken schlagt', ihr Pontonier,
Für Wagen und für Roß!
Mit Schiffen her, Tschaikisten ihr,
Für Mannschaft und für Troß!

Die Schlachten unsrer Väter sind
Noch auszukämpfen dort;
Ein gutes Christenschwert gewinnt
Noch Arbeit fort und fort!

Herr Hauptmann, dort von der Moschee
Höhnt uns der halbe Mond;
Auf, pflanzt das heil'ge Kreuz zur Höh',
Das drüben würd'ger thront!

Herr Pfaff, manch schönes Haupt umflort
In Irrwahns Schleiern seht,
Das sich zum Born der Taufe dort
Zu beugen brünstig fleht!"

An Wundern schwanger geht die Zeit!
Wer hätt' es wohl gedacht,
Daß solch unglänb'ge Türkenmaid
So guten Christen macht?

Von einer Zwiebel.

Harlems glückseligster Bürger ist
Van Hoek, der göttliche Blumist.
Dort steht er, die Zwiebel in der Hand,
O seht, wie sein Aug’ in Wonne schwand!
Nicht hat er vor Jahren die schmucke Braut
So zärtlich, so sorglich angeschaut!
Scharf bläs’t der Wind von den Dünen.

„O Semper Augustus, Tulpenfürst,
O Wonne, wenn dein Incognito birst,
Du aufsteigst in deiner Herrlichkeit,
Im Silberbrokat, im Scharlachkleid,
Im Goldturban, dran der Reiher sprießt,
Dein Haupt in Anmut königlich grüßt
Im Lächeln der Frühlingssonne!

Um dich beut der Britte tausend Mark,
Und böt’ auch der Doge die goldene Bark’,
Vom Dogen zum Sultan, zum Mogul umher
Ihr findet den Semper Augustus nicht mehr!
O Glück! Mir liegt’s in der Hand, was ihr sucht
Von Peking bis wo in Harlems Bucht
Der Wind scharf bläs’t von den Dünen.

O Blumenmonarch, dein Vasall bin ich!
Dein erster Gnadenblick fällt auf mich!
Und künd' ich, dein Herold, der Huldigung Zeit,
Nahn Alle verneigt, wie zaubergefeit;
Ach, noch ist's nicht Zeit, doch Geduld, Geduld,
Bald schimmert der Tag voll Glanz und Huld
Im Lächeln der Frühlingssonne!"

Er bettet die Zwiebel ans Fenster so lind,
Als wär's ihm ein lieb, ein kränkelnd Kind,
Er faßt sie so zart, so ehrfurchtsscheu,
Als ob's der Prinz von Oranje sei.
Nun muß er fort zum Hafen in Hast,
Ein Blick noch, dann Pelz und Muff erfaßt!
Scharf bläs't der Wind von den Dünen. —

„Van Hoek nicht daheim?" ein Seemann fragt,
„„Doch kehrt er bald,"" antwortet die Magd,
„„Weißbrods ein Stück, ein Kännlein Bier
Verkürze Mynherrn das Warten hier.""
Er denkt: Das kommt zur rechten Zeit,
Solch Trank erwärmt trotz wollenem Kleid.
Scharf bläs't der Wind von den Dünen.

Nur Eins fehlt, Preis dem Seemannssinn,
Du Zwiebel, duftende Negerin,
Braunhäutige, wie die Hindumaid,
Durchsichtige, wie des Kaffern Kleid!
Zu Thränen zwingst du mein alt Gesicht,
Als säh's noch der Liebsten ins Augenlicht
Beim Lächeln der Frühlingssonne.

Hoiho, da liegst du am Fensterrand,
Verlassen, wie Seemanns Wittwe am Strand!
Willkommen, du Holde, dein Herzblut her!
Da gibt's keinen Semper Augustus mehr!
Verschlungen! Doch flau des Mörders Blick,
Der erst noch gejubelt, geleuchtet vor Glück
Wie Lächeln der Frühlingssonne.

„Ade, du Magd, grüß' deinen Herrn,
Den wackern Mann, der Blumisten Stern,
Doch Zwiebelzucht versteht er kaum,
Gewächs ist das für Mädchengaum;
Kein scharfer Duft, der das Auge beizt
Und Seemanns Herz und Zunge reizt,
Weht scharf der Wind von den Dünen."

Van Hoek seither den Schlaf nicht kannt',
Ein Geist allnächtlich am Bett ihm stand,
Aufsteigend in fürstlicher Herrlichkeit,
Im Silberbrokat, im Scharlachkleid,
Im Goldturban, dran der Reiher sprießt,
Sein Haupt in Anmut königlich grüßt
Wie Lächeln der Frühlingssonne.

Euch, Kinder der Sonne, o Tulpen ihr,
Euch sang ich dieß Lied im Lenzrevier,
Wie Ahnenlieder man Kindern singt
Und That und Gefahr der Vorzeit jüngt.
Der Ries' ist todt, der die Kindlein frißt,
Drum fürchtet euch nicht und gaukelt und sprießt
Im Lächeln der Frühlingssonne.

Ein Schloß in Böhmen.

In Böhmens Bergen hocheinsam liegt
In Trümmern eine Veste,
Dran Ephen sich statt des Mörtels schmiegt,
Drin Geier die schmausenden Gäste.
Der Feind zerbrach einst Wall und Thurm,
Gebälk und Getäfel fraß der Wurm,
Die Zeit zerrieb die Reste.

„O Wunderblick ins Thal hinein
Und über die Berg' und Lande!
Raff' auf die Knochen, dein morsch Gestein,
Steig auf im alten Gewande,
Du Leiche jetzt, o Väterschloß,
Ersteh' zum Leben neu und groß,
Ein Schmuck und Stolz dem Lande!"

Der junge Ritter sprach's und gebot;
Die Felsen im Bruch zerknallen,
Im Flammengewölk' der Kalkstein loht,
Die Riesen des Forstes fallen,
Und stämmige Stiere keuchen bergan
Mit Sparren und Quadern, mit Sims und Altan,
Mit Balken und Säulen der Hallen.

Hei, an den Bau griff Hand an Hand,
Ein Tagwerk gab's aufs Beste:
Der neue Bau zwier mannshoch stand
Schon über dem Trümmerreste.
Doch weh, was der Tag zu Werk gebracht,
Zerfallen ist's wieder über Nacht,
In Schutt liegt Morgens die Veste.

„O schlechter Mörtel, schlechtre Hand!
Gebt Kraft ihm mit starkem Weine
Und zwingt mit eiserner Klammern Band
Die ungehorsamen Steine!"
Und so geschah's, doch über Nacht
Zerfiel, was der Tag zu Werk gebracht;
Nur Trümmer im Morgenscheine!

Zum Ritter tritt ein Werkmann alt:
„Sieh hin und uns nicht fluche:
Das Rüstholz liegt, wo sie's fällten, im Wald,
Die Quadern unten im Bruche!
In solcher Art kein Bau zerfällt,
Den hat ein gewaltiger Feind zerschellt!
Laß Wächter stehn dem Besuche."

Die Wächter lehnen bei Nacht am Wall.
Da fächeln so lau die Weste,
Der Mond bestreut ihr Aug' mit Metall,
In Träumen flüstern die Aeste;
Da schlummern sie leise, leise ein.
Man fand sie am Morgen unterm Gestein,
In Trümmern lag die Veste.

Der Ritter sprach: „Nur Muth bewahrt!
Ans Werk, und laßt das Trauern!"
Das geht nicht zu in rechter Art,
Denkt er bei sich mit Schauern.
Gen Kloster Kukus trabt er dann:
„Herr Abt, o schließt des Segens Bann,
Ihr könnt's, um meine Mauern!"

Zu Nacht umwallten des Tages Bau
Der Abt und seine Genossen,
Der Weihrauch wirbelt' ins nächt'ge Blau,
Vom Glanz der Fackeln umflossen.
Sie trugen ihm Kreuz und Weihbronn vor,
Der Mönche Lieder in ernstem Chor
Sich durch die Nacht ergossen.

Seht dort, behelmt, langbärtig am Wall
Von riesigem Leib drei Recken,
Seht sie im Harnisch von dunklem Metall
Drei Aexte hochauf strecken!
„Im Namen des Herrn, der dem All gebeut,
Ihr Söhne der Nacht, steht Rede heut!"
Der Abt rief's fast mit Schrecken.

Drauf aber erhoben die Drei das Wort,
Kein irdisch Singen noch Sprechen!
Ein Brausen war's des Walds, der verdorrt,
Ein Rauschen von wallenden Bächen,
Ein Todesjubeln der Glock' im Thurm,
Ein Herbstfrohlocken, das der Sturm
Ausjauchzt über Stoppelflächen:

„Ihm Ruhm und Lob! Ihm Preis und Ehr'!
Wir fliehn nicht vor seinem Namen.
Hier ist kein Haus für Lebend'ge mehr,
Hier reift des Todes Samen.
Der Herr sprach: Tödtet nicht, was da lebt,
Doch auch ins Leben zu wecken bebt,
Was dem Tode verfallen! Amen.

Nie grünt der Baum, den gefällt dein Beil,
Nie glimmt der Stern, der verlodert,
Nie gras't der Hirsch, den erlegt dein Pfeil;
Was des Todes, nicht heim mehr fodert!
Nie mehr wird blond dein Schneehaupt, Greis,
Nie weckt den todten Leib dein Geheiß,
Noch minder den Geist, der modert!"

So sprachen sie; abschütteln dabei
Ihr dürres Laub die Aeste!
Die blanken Aexte schwingen die Drei,
Da bekreuzen sich fromm die Gäste;
Ein mächtiger Schlag, ein donnernder Knall,
Ein Staubgewölk, ein dröhnender Fall!
In Trümmern liegt die Veste.

Heimliche Liebe.

Der Pfarrer Jost hat ein süßes Lieb,
Das hält er verborgen fein,
Wie Perlen im stillen Muschelschrein,
Wie Rehlein in dunkler Waldesnacht,
Wie Körnlein Goldes in tiefem Schacht,
Daß es kein Laienaug' ersehe,
Daß es kein Späher je erspähe.

Einst schlich er heim vom süßen Lieb,
Da sang im Teich ein Schwan:
„Ei seht, Herr Jost auf Amors Bahn!
Manch süßen Blick hat er erhascht,
Manch Küßchen von rothem Mund genascht!
Was sonst ihm Süßes ward zu eigen?
Wißt, daß ich auch gelernt, zu schweigen!“

Im Dorfe sang eine Schwalb' am Dach:
„Wo wohnt Herr Jostens Schatz?
Im Wald ist ein Häuschen auf grünem Platz,
Zwei hohe Linden rauschen am Thor,
Ein Brünnlein springt dazwischen empor,
Am Fenster wehn grünseidne Gardinen,
Vier Röslein nicken wohl hinter ihnen.“

Im Pfarrhof sang die Nachtigall:
„Was küßt Herr Jost im Brevier?
Ihr Bild und ein Löckchen von ihr!
Er birgt sie wie Rehlein in Waldesnacht,
Wie Körnlein Goldes in tiefem Schacht;
Doch singen von ihr die Schwän' im Bache,
Doch zwitschern von ihr die Schwalben am Dache!"

Und weiter sang die Nachtigall:
„Sei guten Muths, Herr Jost!
Und minn' und küsse fort getrost!
Wie dir's erging, geht's noch zur Zeit
Manch bravem Mann in der Christenheit;
Auch sind, die ihm solch Liedlein gesungen,
Nicht immer Nachtigallenzungen."

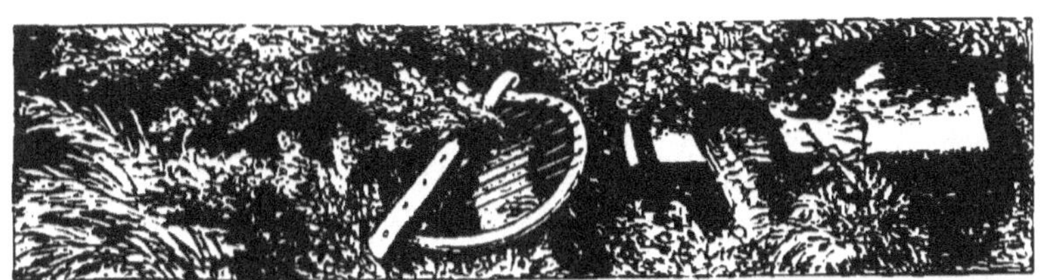

Die beiden Sängerheere.

Einst schlief ich im düstern Ulmenhain
Nicht fern von den Särgen der Barden ein,
Mich sangen die Vögel des Waldes in Ruh,
Es rauschten die Zweige wie Lieder dazu.

Als jegliches Aug’ in Schlummer schon brach
Und Kummer allein und Liebe noch wach,
Da rüttelt’s und schüttelt’s an Riegel und Sarg,
Da rüttelt und sprengt es Riegel und Sarg.

Wie Woge an Woge im brausenden Meer,
Ersteht aus den Särgen ein Harfnerheer,
Wohl tausend Gestalten im regen Gewühl,
In knöchernen Armen ein Saitenspiel.

Die Lippen sind dürr und der Blick ist kalt,
Die bleiche Wange verfallen und alt,
Und mit den Händen ohne Gefühl
Gepocht und gehämmert am Saitenspiel.

Und wie sie auch pochen und hämmern im Chor,
Kein Ton und kein Laut schlägt an mein Ohr;
Nur Eulen flattern aus dem Versteck
Und Kobolde grinsen im Felsenleck.

Und unter den Harfnern das Gras verdorrt,
Der Mond sein züchtig Antlitz umflort;
So klimpern allnächtlich zur Mitternachtzeit
Ihr ewiges Lied sie: Vergessenheit!

Jetzt schallt's wie der Engel Posaunenruf,
Als Welten und Leben der Ewige schuf;
Es rauschen des Haines Gezweige so hell,
Es säuselt die Wiese, es rieselt der Quell.

Da klappen wohl tausend der Särge zu:
Das Lei'rergesindel taumelt zur Ruh;
Da springen wohl tausend Särge auf:
Ein Sängergeschlecht beginnt seinen Lauf!

Ein körnig Geschlecht für endlose Zeit,
Gesäugt an den Brüsten der Ewigkeit,
Das Auge ein Blitz und doch so mild,
Das Antlitz der Liebe rosiges Bild.

Und siehe, der herrliche Bardenchor
Hebt rauschend die klingenden Harfen empor,
Wie Seraphsgebet, wie Lavinenklang
Verhallt' es die weiten Gefild' entlang.

Es horchen die Wasser und hemmen den Lauf,
Die Rosen blühn, als sei Frühling, auf,
Und um sie in vollerem Mondenschein
Drehn schöne Elfenkinder den Reihn.

In Wonne schüttelt sein Haupt der Baum,
Der Vogel am Ast träumt süßeren Traum;
So singen allnächtlich zur Mitternachtzeit
Ihr ewiges Lied sie: Unsterblichkeit!

Wie liederbegrüßt und rosenbekränzt
Die sinkende Sonn' im Berggrab glänzt,
So rauscht es noch einmal durch Erd' und Luft
Und alle die Sänger versinken zur Gruft.

Da rüttelt's mich rasch aus dem Schlummer auf;
Im Osten beginnt die Sonne den Lauf,
Die Steine sind fest, geschlossen die Gruft,
Und leis weht darüber die Morgenluft.

Und sind auch die Sänger alle zur Ruh
Und ihre ewigen Wohnungen zu,
Blieb eines der beiden Lieder mir doch,
Das sang ich und sing' es wohl sterbend noch.

Doch welches der Heere zum Sang mich geweiht?
Du wirst es enthüllen, Allrichterin Zeit!
Wenn über dem Sarg mir die Grabrose blüht,
Sing' ich wohl mit einem der Heere mein Lied.

Inhalt.